中宣部 2020 年主题出版重点出版物

中国作家协会
脱贫攻坚题材报告文学
创作工程

十八洞村的十八个故事

李迪 著

作家出版社

图书在版编目（CIP）数据

十八洞村的十八个故事 / 李迪著. -- 北京：作家出版社，
2020. 8（2021. 3重印）
（脱贫攻坚题材报告文学创作工程）
ISBN 978-7-5212-1043-9

Ⅰ. ①十… Ⅱ. ①李… Ⅲ. ①报告文学 – 中国 – 当代 Ⅳ.
①I25

中国版本图书馆CIP数据核字（2020）第116304号

十八洞村的十八个故事

作　　者：李　迪
责任编辑：史佳丽　李亚梓
装帧设计：意匠文化·丁奔亮
出版发行：作家出版社有限公司
社　　址：北京农展馆南里10号　　　　邮　　编：100125
电话传真：86-10-65067186（发行中心及邮购部）
　　　　　86-10-65004079（总编室）
E-mail:zuojia@zuojia.net.cn
http://www.zuojiachubanshe.com
印　　刷：北京玺诚印务有限公司
成品尺寸：170×240
字　　数：132千
印　　张：10
版　　次：2020年8月第1版
　　　　　2021年3月第2版
印　　次：2021年3月第2次印刷
ISBN　978-7-5212-1043-9
定　　价：42.00元

代　序

高洪波

其　一

十八个神仙十八洞村
十八位罗汉说脱贫
十八家故事真生动
湘西父老谢恩人

其　二

乐为脱贫竞折腰[①]，
湘西烟雨走几遭。
一笔挥洒十八洞，
罗汉群像看素描。

（诗作者高洪波为著名作家、诗人，中国作家协会副主席）

---

① 李迪兄以古稀之年走湘西访十八洞村民，采访辛苦，岁寒湿潮，激发腰疾，遂有此句。

目 录

开 篇 \001

金兰蜜（上） \003

金兰蜜（下） \006

让我在山上把眼泪哭干 \016

就是悬崖我也要跳 \025

头上剃字的人 \039

经过的事不会随风而去 \050

压力山大压不垮 \060

开满鲜花的十八洞小学 \068

万事开头难 \078

双喜临门 \084

对联的故事 \088

火塘夜话 \093

一个淡定的电影原型人物 \097

不败的莲花 \103

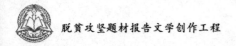
摆摊儿的小石　　　　　　　　\ 112

姐妹农家乐　　　　　　　　　\ 123

关键时刻　　　　　　　　　　\ 128

黄桃金灿灿　　　　　　　　　\ 135

那些扑面而来的书写　　　　贺秋菊 \ 145

紧步时代写新章（代后记）　李国强 \ 151

开 篇

这里是湖南湘西十八洞村。

一个古老的苗族村寨。

青山环抱，绿水流翠。木楼相依，万瓦如鳞。

2013 年 11 月 3 日，一个写进中国历史的日子，习近平主席来到了这里。在村民的晒谷场上，在一棵高耸入云的有着三百多年树龄的老梨树下，面对围坐在身边的苗族父老乡亲，习近平第一次提出了"精准扶贫"的战略方针，指导全国扶贫攻坚战。

沉睡在贫困中的十八洞村，自此蝶变，张开多彩而勤奋的翅膀，飞翔在脱贫奔小康的春风里。那样耀眼，那样明亮！

村党支部书记龙书伍跟我说，论季节本是初冬，我们却迎来了一场春风，梨花一夜都开了！

他无意中说到了唐代大诗人岑参的名句："忽如一夜春风来，千树万树梨花开。"

那么振奋，那么形象，又那么巧合——

十八洞村由四个自然寨组成，分别是：梨子寨、竹子寨、飞虫寨、当戎寨。习主席所去的寨子，因为有一棵直立擎天的老梨树，就叫梨子寨。

2019 年初冬，我来到十八洞村深入生活，住在梨子寨一个叫阿雅的漂亮的苗族姑娘家。她家开了一间民宿，就叫阿雅民宿，接待南来北往要住宿的客人。住在阿雅民宿，每日早出晚归，翻山越岭，走村串寨，来到我要采访的人家，烤火塘，喝热茶，聊家常，听故事，不由得让我想起前辈作家艾芜当年写作《南行记》时的情景。

行走在绿水青山间，伴随着清风细雨，我时时被大山里精准扶贫、自强不息的故事所感动。

梨花朵朵惹人爱，采撷几朵存起来……

金兰蜜（上）

故事讲述人：花垣县委宣传部副部长、中国第一支精准扶贫工作队队长，龙秀林

这天，我下班后，天已经黑透了。走在路上，突然被黑乎乎的一堆截住，着实把我吓了一跳。

当我就着星光走上前去，这才看清，黑乎乎的一堆，不是柴火，而是一个人。

天寒地冻的，这是谁呀？

还能有谁？村民说，"酒鬼"龙先兰！

我心头一沉，想起了他。龙先兰幼年丧父，母亲改嫁，唯一的妹妹也跟着没了。他孑然一身，以酒浇愁。哪儿醉了哪儿睡。村民们说，这人成了垃圾一堆，完了！

这不，年关将近，家家都在忙过年，他又醉倒在路边。

我急忙抱起他，兄弟，你醒醒，你醒醒，跟我回家！

我把龙先兰领回自己位于邻乡的家，妻子正忙年夜饭：腊肉，酸鱼，蒿草粑粑。

哎哟，这是谁呀？

我弟弟。

啊？以前没听你说过啊！

哈哈，现在说也不晚呀。他来跟我们一起过年！

要得，我添双碗筷！

龙先兰愣住了。我说，先兰，咱们一笔写不出两个龙字。从今往后，你就有家了。你是我弟弟，我爹妈就是你爹妈！

说着，我把爹妈请出来，爹，妈，你们看，我弟弟俊不俊？

两位老人一看儿子"捡"了个弟弟回来，笑得嘴咧到耳根儿，遂按苗家认亲礼，给他包了一个大红包。

龙先兰再也忍不住了，扑通一声跪倒，泪如雨下，爹啊，妈。他大声哭喊着，老天不公，我一再失去亲人。我没有希望，我只有喝酒，我兜里永远没有一块钱！现在，我又有家了，又有爹妈了！往后，我要听你们二老的话，听秀林大哥的话，活出人样儿来！

打这以后，龙先兰扔掉了酒瓶。

我逢人就说，先兰是我弟弟，哪个再看不起他，再喊他"酒鬼"，我龙秀林跟他没完！

村民们一听，个个大眼瞪小眼。

当然，帮助龙先兰脱贫，成了我进村后百忙之中的又一忙。

小伙子正当年，光打零工不行，要引导他干一番事业。

我先帮他摆了个鱼摊，养鱼卖鱼，还叫妻子动员姐妹们都去买。可龙先兰天生不是买卖人，嘴笨，不久就收摊大吉。

再干啥好呢？我掰着脑袋苦想。忽然，一只蜜蜂冲我一脸的汗飞来，蜜蜂采蜜也采盐啊，我脸上的汗就是盐。我一躲闪，来了主意。哎，让龙先兰学养蜂行不？

苗家自古就会养蜂，砍一段树掏成蜂筒，或把竹篓糊上泥巴留出眼儿，斗笠一盖，放在屋檐或岩缝，蜜蜂来去任逍遥。如此散养，星星点点，成不了气候。如果龙先兰能办个蜂场，养成规模，采自大山的天然土蜂蜜还愁没有销路吗？到时候不怕他嘴笨，怕供不应求！

我把想法一说，龙先兰拍手叫好，又摊手为难，我跟谁学呀？再说也没本钱啊！

我说，师傅早给你请好了。本钱你还用愁吗？哥有一块饼就有你一半！

就这样，我自掏腰包，把龙先兰介绍给邻乡的养蜂专业户，并为他购置了蜂箱等物件。龙先兰嘴笨手不笨。出徒后，第一年养的四箱蜂就挣了五千多块！他高兴得手舞足蹈，首先想到的是把本钱还给我。我说，还啥？看你那破房子，风来透风，雨来漏雨，还不赶紧翻修了找媳妇，想打一辈子光棍儿吗？

先兰说话三十了，媳妇不知在哪儿飞。十八洞村像他这样的光棍儿还有一嘟噜，成了扶贫工作队的心病。家业家业，有家才有业。在农村，没成家就没盼头，容易破罐子破摔。脱贫要"脱单"，无家心不安。今年扶上去了，明年还可能掉下来。为此，工作队为村里举办了四届相亲大会。搭起鹊桥台，引得姑娘来。

第一届举办，我就把先兰拽去，跑前忙后给他当"媒婆"。

关键时候，龙先兰的嘴不笨。居然在我的帮助下，说成了一个媳妇。

当然，整个过程很曲折。

说到这儿，龙秀林笑了，李老师，你想听这个喜结良缘的故事吗？

我说，龙队长，我太想听了。

龙秀林说，我这个当队长的，说话太生硬。明天，我把这两个年轻人请来，你听他们亲自讲讲吧，乐趣多了！

我说，龙队长咱们一言为定。

龙秀林说，驷马难追！

金兰蜜（下）

龙队长没有食言。

第二天，两个年轻人联系上了我。

龙先兰和他媳妇吴满金。

龙先兰是个帅哥。国字脸，大眼睛。

吴满金是个美女。圆月脸，眼睛大。

我说，你俩的故事谁先讲啊？

龙先兰说，我先讲吧，待会儿我还有个会。

我问小吴，可以吗？

小吴说，他的事我从来都是同意的。

我笑了。

好，那就先兰先讲吧，他名字里就带个先字。小吴，你随后讲，说不定，他走了你更好讲！

小吴笑了。

龙先兰也笑了。

李老师，我就不从"酒鬼"开始讲了，龙队长肯定都跟你讲过了。

那一篇儿翻过了。

永远翻过了！

我就从养蜜蜂开始讲吧。

龙队长给我介绍的养蜂师傅麻清成，真是个大好人！

麻师傅住家离花垣县城不远，他养蜂养得出了名。蜂场不大，年收入二十多万。他每天带着我在小蜂场里转悠，认真给我讲解怎样养蜂，怎样取蜜，怎样分群，怎样防病。特别是取蜜，手把手教我。

我边跟他学边想，寨子里也有养蜂的，一箱两箱的，割下的蜜都是拿来自己吃，或者送给亲戚朋友。因为蜜蜂会蜇人，所以有的人家小孩被蜇了，从此不养了。这么说吧，在我的印象里，蜂蜜是不值钱的，也没听说拿来卖钱的。能卖吗？怎么卖？心里想着，有时候嘴就吐出来了。

麻师傅笑了，哈哈，你怕产了蜜，卖不出去是吗？

我脸红了。

麻师傅说，这样吧，从我这儿拿上十斤蜂蜜去卖，不用吆喝，就摆在游客路过的地方就行。你回去试试！

我说，这多不好意思啊！

嘻，他说，这有啥不好意思的？龙队长让我教你，我就要教好；你没信心，我就要给你打气！来，我帮你分装在小罐里，一罐一斤，卖一百二十块。不讲价！

我拿着麻师傅的蜂蜜，在游客多的梨子寨附近，找个岔路口摆起来。想不到，不用我吆喝，一听说是十八洞村的土蜂蜜，追求原生态健康食品的旅游者，两天就把十斤蜂蜜全买光了。我收了一千二百块钱，数了又数，一张都不少！

我的心里一下子乐开了花。

我马上回去找麻师傅，向他报喜信儿，把钱全给了他。

麻师傅笑了，这回有信心了吧？跟你说吧，市面上的蜂蜜假的太多了，让想吃的人都怕了。在咱这十八洞的深山老林里，谁会造假？蜜蜂在大山里采蜜，什么花都有，可以说是千花蜜万花蜜，再土不过了，再原生态不过了，所以你的蜜好卖。

我抓着脑壳，怪不得没人跟我讨价还价呢。

麻师傅看我把钱全给他了，说你干吗把钱全给我啊？你留下两百块，就当劳务费吧。拿着！

哈哈，我第一次卖蜂蜜挣了钱！

我学养蜂出徒了。临走的时候，麻师傅一再嘱咐，有什么疑难，随时跟他联系。

我回到寨子里，从四箱蜜蜂开始养起，当年就挣了五千块！

一年后，我就有了十四箱。

随后，我想继续扩大生产。可是，手头没钱了。

听说扶贫贷款下来了，贫困户每户可以贷款五万元。利息由公家掏。

我就去信用社找贷款员。他一看是我，啊？是你！

我说，是我。

是你就不给贷。

为啥？

怕你买了酒喝。

我说，那都是过去的事了，现在我贷款为了养蜂。

说来说去，人家还是不贷。

我只好求救兵了。我找到龙队长，把情况一说，他笑了。

他给贷款员打电话，说你放心，先兰的信誉包在我身上。你贷给他吧。到时候他还不了了，你找我要！我现在就给你下一个保证。

领导发话了，贷款员还是将信将疑。

他跟我说，我能到你的蜂场看看吗？

我说，现在我就带你去。只不过很惨，只有十四箱蜂，散摆在山上，算不上蜂场。

贷款员到我养蜂的地方一看，虽说蜂不多，可管理得非常规范，摆开了继续扩大生产的样子。

好，我先发两万现金给你！你进了蜂就通知我，我再来看。如果当真，没说的，马上再给你三万！

我拿着这两万块，很快进了一批蜂。贷款员过来一看，说了声你真行，当下又给了三万块。这下，我的蜂场可真有点儿模样了，陆陆续续发展到五六十箱。

除了买蜂，蜜蜂还会自己分箱。就这样，我的蜂越养越多，别的地方不敢说，在十八洞村小有名气了。

龙队长笑着对我说，先兰，事业有成，你该找媳妇了。你不小了，再老就没人要啦！

那个时候，我二十八九，在我们这边已经算大龄了。这边有结婚很早的，有的十八九岁就当爸爸了。二十来岁当爸爸的很普遍。

当时，村里的大龄男青年不少。为解决他们的"脱单"，工作队办了件大好事，举办相亲大会。请本村的、邻村的女孩子们都来参加。第一次举办，龙队长就把我叫去了，说这个你可要先哪！到时候要是有姑娘看上了你，吃长桌宴时你要给人家夹菜，敬人家酒。关键时候，可不能嘴笨啊！

相亲会这天很热闹，邻村的女孩子来了不少，本村的单身汉没一个缺席的。村委会先带领男男女女参观十八洞村的建设，然后就准备吃长桌宴。游戏规则是，有相中了对象的，男女隔桌对坐，边吃边聊，加深了解。

在主持人一一介绍参会的男女时，介绍到我了，我说，我不会唱歌，也不会跳舞，但我有一身好力气。哪个姑娘跟上我，我会让她幸福一辈子！说完，咔咔咔，咔咔咔，我就地十八个俯卧撑。十八洞村十八个俯卧撑，脸不红，气不喘，一下子就被小吴看上了。

她看上了我。

我也看上了她。

在参观十八洞村建设的时候，我俩故意走在后面。一路走一路说悄悄话，越谈越投机，越谈越亲密。

等到吃长桌宴的时候，人多一乱，哎哟，我找不见她了！

有情男女都隔桌对坐了，我对面却是空的。

我很失落。她到哪儿去了？

刚才的亲亲密密还算数吗？

这时，邻村一位不知游戏规则的胖大妈，一屁股在我对面坐下了，还问我这儿没人吧？

我只好说，没人。

隔饭桌望着胖大妈，我还没吃就饱了。

龙先兰的话，把我和小吴都逗乐了。

这时候，他的手机响了，人家催他开会。

得，我先说到这儿吧，得开会去了。

龙先兰告辞，小吴接上了他的话——

哈哈，李老师，我那天就没参加长桌宴。

为啥？我是偷跑出来参加相亲的，没跟爸妈说。我一看，县电视台正准备录长桌宴，怕晚上电视里放出来被爸妈瞧见，扭头就跑了。

结果，电视里还是有我的镜头。电视台一直跟拍呢！

爸妈看见了，骂起来，这死丫头，怕嫁不出去吗？跑那儿去相亲丢不丢人！

李老师，我是隔壁板栗村的，我们与十八洞村同属一个乡镇。

记得小时候我来过他们村，到处是破破烂烂的。我是走路进来的，那个时候没通车。他们这边的人出村赶集要带两双鞋子，地上都是泥巴。想在集上弄个好形象，肯定要穿两双鞋子。走在半路的时候，快要到公路边了，就把泥巴鞋放在路边。等赶完集回家了，又要换鞋。这就是我对他们村的印象。

这回来相亲，我大吃一惊，他们这里发生了天翻地覆的变化！水泥路很宽，汽车可以一直通进村里。村里各条小路都铺了青石板，每家每户的房子都维修得里外三新。自来水、网络什么的也通了，比我们村强多了。说老实话，我还没看上他人的时候，就看上了他们村，就想在这个村子里待住。后来，我看见他人了，真的，长得挺帅的，我都有点儿配不上他。虽然他不太爱说话，但他人很诚实。他告诉我以前他是"酒鬼"，是穷光蛋，但是，现在他换了个人，不但不喝酒了，还开始养蜂了。他是挺有潜力的小伙子。

可以说，我一眼就看上了他！

他跟我说，以前也有人给我介绍对象，但是人家一听我是"酒鬼"，就走了。人家看不起我。因为我没钱，是个穷光蛋。他说，我也没办法，我也想努力。但是人家不等我，一看我这样子就走了。他说，我也不追求什么，我只想努力改变自己，找一个看得起我的人，我一定好好待她。我说，你真要努力改变，我们俩就可以继续下去！

但是，树欲静，风不止。

我爸妈一听我找到了他，坚决反对。说他们知道龙先兰是个有名的"酒鬼"，醉倒在哪儿就睡在哪儿。周围每个寨子的人都知道他。他家就他一个人，连个兄弟也没有，穷得叮当响。

我说，他现在已换了个人，不但不喝酒了，还养起了蜂，有了收入，爸妈你们就放心吧！

妈说，万一他又回老样子了，你怎么过？

我说，他已经变好了，走上正路了，肯定会越变越好。

任凭我说出大天来，爸妈还是坚决摇头。

爸说，小心喝醉了打你！

妈说，他没家没业没爹妈，也没兄弟帮衬，你千万不能找他！

但是，不管爸妈怎么说，我看准了他，我坚决要和他在一起。

双方都很坚决。

坚决碰坚决！

为了表示我的坚决，让爸妈死心，我干脆跑到了十八洞村。就像山歌唱的：山挡不住云彩树挡不住风，神仙也挡不住人想人。

我在十八洞村应聘到一家农家乐，帮人家洗菜洗碗收拾屋子，不但有吃有住，还有工资。一个月两千块，真的不少。单从这个工资来说，十八洞村真的富裕了。

我住在十八洞村了，跟先兰走得更近了，对他的了解也更深入了。

我第一次要去他家的时候，他不带我去。我说我都认识你一个月了，连你家在哪儿都不知道，你怎么不敢让我去你家呢？他抓着脑壳说，实在不好意思，我家没法儿进人。我说那我也要去，走，你现在就带我去！

那天去他家的时候天上下着雨，一进门，我吓了一跳，只见屋里到处漏雨，整个家湿漉漉的。他爸妈很久以前放一些稻草、柴火，把屋子全部堆满了，两个房间乱七八糟的。家里除一个小土锅，其他什么都没有，到处破破烂烂。

我奇怪他怎么睡觉？

一看，他在堂屋的角落铺个木板，打个地铺，睡在垃圾里。

我看了以后，又心酸又心疼。一个单身汉的日子过得真可怜，他是该找个媳妇了。

他说，我一个人，白天很少在家，在外面忙乎，这里一餐那里一餐，回家凑合睡一晚，早晨爬起来又走了，所以家里乱七八糟的，我不愿意让你进来看见。

我说，干吧！

他说，干什么？

我说，咱俩从收拾垃圾开始干起，然后重新修房子！这个房子挺好的，可以花钱请人把瓦片弄一下，家里就不会漏雨了。这样漏来漏去，把挺好的屋子都糟蹋了。

他吐吐舌头。

于是，我们俩一起开始打扫。

最大号的那种垃圾袋，满满装了五袋垃圾！

通过一个多月的相处，我发现他人真的挺好，挺有上进心，对我也好，将来一定会是个好丈夫！

就这样，我们一起过日子了。

我白天在农家乐打工，晚上回来很累很累了，还和他一起管理蜂场，打扫卫生。他真的不再喝酒了，全身心地投入到养蜂事业中。很快地，扶贫贷款下来了，蜂场扩大了，一箱蜂蜜可以有一千多块钱的收入。我们的日子一天比一天好过。

但是，我们也不能长期这样过下去呀，还是要结婚。

父母坚决不同意，这一关很难过。加上我跑了，更让他们生气。按苗族的习惯，要结婚男方首先要去女方家提亲，先兰不敢去。

我们想来想去，只好再次请救兵。

谁呀？还是龙队长。

龙队长说，好，这事交给我办。先兰你是我弟，我是你哥，我爱人是你嫂子，我们就是你的亲属，为你提亲不为过！

于是，龙队长选了个吉日，带上妻子，又叫上第一书记施金通等好几个村干部，一起来到板栗村为我提亲。

他对两位老人说，先兰不是没有家啊！我是他哥，这是他嫂子。我叫龙秀林，是县委精准扶贫工作队队长。这是村支书，这是村主任。我们都是先兰的亲人，也是你们的亲人。我们真心向你们担保，先兰是个好后生，他现在早已不是酒鬼了，有家有业是养蜂能手，他养的蜂远近有名，收入可观，你们家姑娘跟上他准错不了，你们二老就放心吧！

一席话把我爸妈都说愣了。

啊？龙先兰不是一个人吗？怎么，他还有个哥？还是队长？

看着眼前来的这些村干部，爸妈真的说不出拒绝的话。

龙队长他们的话还没说完，村里又来了一些干部为我说情。

我爸妈感动万分。

其实，他们也不是特别不讲道理的人。

我爸说，既然孩子都没说什么了，我们也不会阻拦他们。

我妈说，年轻人喜欢，想怎么做就怎么做吧。离了窝的小鸡要自己找食，要是我女儿以后受了欺负别后悔就行。

龙队长赶紧接上话，二老这是同意啦？

两位老人不说话。摇摇头，隔了一会儿，又点点头。

龙队说，摇头不算点头算，二老同意我们提亲啦，太感谢了！

我跟先兰在 2017 年元月，也就是 2016 年的腊月二十五日，差五天春节，热热闹闹举行了婚礼！

日子还是我爸妈定的。娘家定日子，这也是我们苗族的规矩。

成亲以后，我们的日子越来越好，蜂蜜收入越来越多。2018 年，光是卖蜂蜜就赚了二十多万，彻底脱贫了。

李老师，从此，我们两个相爱的人开启了辛勤而甜蜜的生活。饥食山中果，渴饮石上泉，在两个出没星月的身影背后，一百八十个蜂箱如繁星飞落在百花丛中。不，何止百花，那是千花万花，一年四季花！

先兰如虎添翼。我满金幸福满满。

十八洞村谁不羡慕我们小两口儿。

有一天，当我准备把刚收获的蜂蜜带回家给爸妈品尝时，不留神被蜂在脸上亲密接触了一下。

　　我这个人皮肤过敏，一蜇就肿。不像先兰铁板一块，再怎么蜇都没事。

　　回到家，爸刚一看我的脸肿了就吼起来，被他打了吧？我就说他是酒鬼！

　　妈心疼得掉了泪，说闺女，这婚咱退了吧。

　　哈哈哈，我笑弯了腰。

　　你们快尝尝，这蜜甜不甜？

　　两位老人都蒙圈了。

　　我们的蜂场远近有名了。在村委会的主持下，蜂场和产出的蜂蜜正式命名了。

　　啥名？

　　哈哈，我俩的名字各取一个字，金兰之好——

　　金兰蜜！

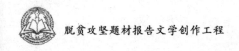

让我在山上把眼泪哭干

我一下子就被这家农家乐的店名吸引了。

站住脚，走不动。

在我采访期间落脚的梨子寨，几乎家家都开了农家乐，显示出十八洞村旅游事业的兴旺。这些农家乐的店名，喜庆，温馨，寻常。如：幸福人家，姐妹饭店，阿雅民宿。

而这家的店名，出人意料。甚至，不可理喻。

叫什么呢？我先卖个关子，容后再表。

店主人是六十多岁的龙拔二大妈和她的老伴儿老杨。

我走进店里的时候，已过了饭口，没有客人。大妈在洗小鱼，为下一餐做准备。老杨没在。

见我进来了，大妈急忙停下手里的活儿，用毛巾擦着手。

您想吃点儿什么？她问。

我说，饭已经吃过了，想跟您聊聊，行吗？

跟我聊聊？哦，她忽然提高了嗓门儿，我见过您。您住在阿雅家，是来写十八洞村的。对不？

我笑了。

我们的谈话由此开始。

想不到大妈所讲的，跟店名一样，出我意料——

李老师，我这个人心大，爱说"没的事"。不管遇到多大的难，我都说"没的事"。

可是，开农家乐前发生的事，却急死了我。

不是一件，是三件，一起挤了过来，让我接不住。

说老实话，我当时死的心都有。

先是，我家养的一百一十八只羊，一夜之间全都病死了！

这是我家的命根子啊，我就指着卖羊过日子呢。

现在，一死一大片，真是太惨了！

羊是得病死的，只能埋了。

我像做梦一样，眼看着乡亲们和防疫站的人一起帮我把羊埋了。

天黑了，我还守着埋的羊，不想回家。

想起老杨每天拿个棍儿赶着它们上山，让它们不要吃了人家的谷子。羊真是听话，低着头往山上走，一路吃着草。每一声叫，都是那么暖人。

谁能想到，它们一夜之间就没了！

第二天早晨，我照常到圈里去喊它们上山。

走到半路才想起来，它们已经跟我阴阳两隔。

我一屁股坐在石头上，我可怜的羊啊！

羊没了，紧接着，老杨又病了。

病哪儿不好，偏在腰上，椎间盘突出！不能下地，不能坐，只能躺在床上。翻个身儿，吱哇叫。地里的活儿干不了，一躺几个月。吃喝拉撒全靠我。看病，打针。一针要一千二百块。大夫跟我说，整场病下来要四五个疗程，你准备钱吧。我到哪儿去准备钱啊？我发愁，老杨更发愁。我喂他吃饭，他两眼转着泪，说，羊没了，我病了，往后的日子怎么过啊！我说，你放心，有我在，这日子就能过下去。一个粑粑掰两半儿，给你大的。

家里有三头耕牛，我偷偷卖了一头。不卖不行啊！

老杨还在病中，第三件事又跟着来了。

本来这是一件好事，是我日夜盼望的，可来得真不是时候。

什么事呢？我的独儿子杨英华考上了华东师范大学，说话就要去上海读书。这是寨子里的第一个大学生。乡亲们都来祝贺，我却笑不起来。

这又是要花钱的事。可是，钱呢？

家里还有个八十多岁的老奶奶，也指望着我养活。

我拿什么养活啊！

英华读书我是最上心的了。我想，我们这辈子人就没上过学，孩子一定不能再耽误了。家里卖羊的钱，除了过日子就是供他读书。

有一次，他读到五年级的时候，跟同学去玩电脑游戏，上课睡着了，被老师叫醒。他回来跟我说这学不能上了，我没脸见老师。老师对我那么好，上课的时候我还睡着了。我说，不行，你一定要去上！妈可以跟着你去给老师道歉，无论如何你不能不上学。英华很听话，继续上学了，读了初中又读高中，成绩一直是全班第一名，还当了班长。他当班长都没跟我说，还是他的同学跟我说的。英华很懂事，知道家里困难，从不跟我要钱，我给他多少就是多少。高中住校的时候，到了晚上，有钱的同学去逛街，他坐在寝室不敢出去。说出去了人家买东西给我吃，我没钱买给人家，没脸。我在寝室坐我的。我这个当妈的，听儿子这样说，心里很不好过。我说，孩子，苦日子总能熬过去，你再加把劲儿，一定要考上大学啊！

现在，他考上大学了，却把我愁得夜里睡不着。

这可不是逛街，是要真金白银！学习费，生活费。

我偷偷地把最后的两头牛也卖了。

英华知道了，拉住我，眼泪当时就下来了。妈，你怎么把牛卖了？你把牛卖了，咱家的地拿什么耕啊？

我说，你小声点儿，别让你爸听见，别让他着急。你放心，家里的地我有办法，到时候请人帮忙。

说是这样说，不过是哄哄他，让他安心上学。

耕地的季节到了，请谁帮忙呢？哪有钱请呢？

我只能自己当牛！

我买了一台便宜的手扶旋耕机。当地老百姓叫铁牛。

这个铁家伙，类似手扶拖拉机，没有拉货的车斗，机头前安了几排可以旋转的犁刀。旋耕机是用柴油带动的。耕地时，人双手攥紧扶手，掌握方向。嗵嗵嗵！嗵嗵嗵！犁刀旋转泥土飞。半天下来，心肝儿震翻个儿，胳膊肿成树；一天下来，能把人震酥。

这都不说，这铁家伙重一百五六十斤，我怎么往山上运啊？

我在山脚下看着铁牛，真是犯了难。

看着，看着，忽然灵机一动，整车运不上去，不能拆开了上去吗？

拆！我把铁牛的部件，一个一个地拆开，装进背篓里，蚂蚁搬家，分几次背上山。有几个拆不动的大块儿头，我就扛在肩上，吃力地往山上爬，一连摔了几跤。

我咬紧了牙，我汗如雨下，为了养活家！

终于，零部件全都运到山上了。

我喘口气，抹抹汗，再一件一件地组装起来。

一试，嗵嗵嗵！行啦！

一个老人，一台铁牛。嗵嗵嗵！嗵嗵嗵！惊心的机耕声响彻山谷。

到底六十多了，年纪不饶人，干了不一会儿，我就累了，腰酸胳膊疼，汗珠淌进眼睛里。我一屁股坐在田垾上，看着要耕的地还没有尽头。

坐着，坐着，眼泪就下来了。

我上辈子欠了啥呀？怎么遭这么大的罪！

想起那一百多只冤死的羊，腿脚硬着，眼睛睁着，被扔进大坑，浇上消毒液；想起在床上瘫着的老伴儿，腰疼得连身儿都不能翻。我每次喂他吃饭，他都两眼汪着泪。我说你别难过了，你会好的。你就是好不了，我也会伺候你一辈子，陪你一起老去；想起八十多岁的老奶奶，眼巴巴地望着我问，这几天咋没听见羊叫？他病在床上，谁去放羊啊；想起英华临走时拉着我的手说，妈，你放心，我一定好好读书！我说家里的事你就别操心了，我会按时给你寄生活费。你不要舍不得吃，身体是最重要的；想起那被卖掉的老牛，流着泪给我跪下，怎么也不走……

牛没了，羊没了，老伴儿在床上，儿子在远方。

我真是走到了绝路上！

坐在田埂，我放声大哭，放声大哭！

让我在山上把眼泪哭干！

回家就不能再哭了。老伴儿受不了，老奶奶更受不了。

往后的日子怎么过啊？我不知道。

怕找不到钱给老伴儿看病，怕找不到钱供儿子读书，怕找不到钱养活老奶奶。

不是说天无绝人之路吗？我的路在哪儿？老天爷！

我哭干了眼泪，也哭累了。

我浑身发软，再也扶不起铁牛。

我又把铁牛拆开，用背篓一次次背下山。

就这样，我早出晚归，背着铁牛上山，背着铁牛下山。终于，地耕完了。把种子和希望一起种下去，用脚蹚平，地里留下一串串歪歪扭扭的脚印。

风里。雨里。泥里。水里。我不知道日子是怎么熬过来的。

但是，老天有眼，苦尽甜来，我的罪到底有了头儿。

村里人谁也没想到，这天，习主席突然来了，突然出现在我们面前。他坐在施成富家门前的晒谷场上，对围坐在身边的乡亲们说起了精准扶贫，又说，你们这里山高地少，种粮食困难。但这里是小张家界啊，山清水秀，可以把旅游搞起来，靠旅游脱贫！

我就坐在他的身边，这句话听得清清楚楚。

习主席发话了，十八洞村的旅游上马了。

柏油路进村了，水电上山了，手机能收微信了，青石板路铺到家家门前了。公家为村民把房屋内外装修好，把卫浴改造好，把农家乐开办好，整个村子焕然一新，游客像采花的蜜蜂一样飞来。特别是到了节假日，最多的时候每天能有七八千。

在村委会的帮助下，我家摆满了桌椅板凳，敞开大门迎接南来北往的客人。来吃饭的客人真不少，有时十桌，有时八桌。一拨客人走了，又一拨客人来了。我掌勺，老杨打下手。我再也不用上山耕地了，坐在家里就能挣钱。

农家乐救了我，把我从绝路上拉了回来！

日子过好了，我想儿子了。

村干部跟我说，英华说话就要从华东师范大学毕业了，这样好的苗子，村里留不住，市县机关早就盯上了。往后，你家的日子就更好过了。

我高兴得心里开了花，掰着手指数日子，一天又一天，几次在梦中听见儿子回家的脚步声，急忙穿衣起来，开门一看，满天的星。

可是，有一天，突然的，真的太突然了，我接到了儿子的电话，他说，妈，我不回家了，毕业后到西藏去支教，那里需要我！

啊？我愣住了，半天也说不出话，真好像在梦中。

儿子不回来了！

儿子要去西藏！

我就这么一个儿子，日思夜想的。西藏的高海拔，藏民的生活习俗，还有语言不通，还有他今后的婚事。这一切，都让我揪心扒肝。

我心中翻江倒海。

我思绪万千。

终于，我对英华说出了这样一句话——

孩子，你能不去吗？

妈，你原谅我！现在咱家和十八洞村的人都脱贫了，生活都过好了。可是，我们不能忘记，没有脱贫的地方还很多，西藏就正走在脱贫的路上。这里需要我。多的话也没有，老妈老爸，请你们原谅我！

儿子的话，像鼓一样在我耳边捶响。

我辗转反侧。

我彻夜未眠。

第二天一早，我拨通了英华的手机——

孩子，十八洞村的人，心要像十八洞一样大！没的事。你去吧，你放心去吧！

接到我的电话，英华已经踏上了前往西藏的路。四十八小时的火车硬座，吃不好，睡不着。当火车翻过唐古拉山时，他上吐下泻，头晕眼花。让他瞬间体会到我们的担心。但是，没有退路！拉萨在向他招手……

后来，通过几次电话，我才知道，说全省只有一个名额，是他自己通过考试争取到的。他到了西藏后，市政府说他学习成绩好，就不往下分了，就留在拉萨，在一家儿童教育学校，教那些还没到上学年龄的娃娃。市政府负责一切费用，包括工资。

合同一签就是十年！

儿懂母苦。儿子跟我说，老妈，对不起，儿子不孝，我暂时不能回去伺候你和老爸。我在这里有工资了，再也不用你们给我寄钱了！我就是担心你们的身体，开农家乐可别太累啊！

我问他，你身体怎么样？

他说，拉萨海拔三千多，刚开始不适应，高原反应严重，头疼，没觉。过了七八天，就跟当地人一样了。来到这里半年多了，不但走路不打晃儿，都可以跑步了。老妈，你放心！

我又问，你的工作还好吗？

他说，他去的那个学校以前就有，那些小孩挺好教，挺好哄。初来的时候，他也有点儿慌，担心自己得不到孩子的喜爱，得不到家长的认可。他跟我说，老妈，随着角色逐渐转变，我放开手脚开展班级和家长的工作。很多人认为幼师不过就是保姆。不对！我不仅要教会孩子们学会生活自理，文明礼貌，还要引导他们去发展各方面的潜能，比如运动：钻、爬、跳、走平衡木；锻炼他们的勇气：有的孩子不敢上平衡木，我就上去走几个来回，让他看看没事。我还培养孩子们的艺术兴趣，引导他们发现生活中的美，让他们用绘画、手工去创造美，最后让他们把自己认为美的事物用言语表达出来。当然，除了这些，我还要保证孩子们一日生活、安全、疾病、饮食、上厕所，各种的问题。老妈，你放心吧，现在孩子和家长们非常喜欢我呢！

哎哟，李老师，您看，想不到我的一个问题引来儿子这么长的一段话。他给我上了一课。我再年轻三十岁，也去当一名教师吧！

听大妈这样讲，我笑了。

我说，您没问他怎么过的语言关吗？

问啦，我一开始就问啦！他说，学呗，一句一句地学，现在说得挺好了。一去的时候，他一句藏语也不懂。他不懂藏语，孩子们也不懂汉语。有个孩子要上厕所说半天他也听不懂。最后，这孩子没办法了，就把自己的裤子拉下来……

说到这儿，龙拔二大妈忽然叹了一口气。

唉，李老师，英华今年都小三十了，我们老两个惦着他的婚事。刚开始急得不行，现在，我们也想通了。婚姻自由，不能包办。让他自己找到相好的，一辈子才幸福。你逼他，我们喜欢了，他不喜欢，那一辈子过得也不舒服。我们人都老了，跟他也过不了多久，婚事就随他自己去吧。就是找个藏族姑娘，只要身体健康，两个人恩爱，我们也高兴！李老师，跟儿子通话久了，不知怎么的，我更想他了。我真想去拉萨一趟看看他，也不知道我这把老骨头行不行。我有两个想法，如果我去了，身体受不了，儿子要担心；不去吧，又想他。唉，做父母的就是这样……

说到这儿，我看见她的眼圈儿红了。

她站起身，走出门，站在晒台的青石板路上。

李老师，我每天送走最后一拨客人，总要在围裙上擦擦手，来到晒台上，遥望远方的山。我知道，在山的那头儿就是拉萨。

说完，她沉默了。抬起头，望着远山。

我不由得又看看她家的店名，那是刻在一大块厚木板上的——

爱在拉萨！

就是悬崖我也要跳

我永远也忘不了妈妈的眼泪！

这是隆英足跟我讲的第一句话。

这样的话也让我永远难忘。

跟隆英足约了几次，她都很忙。

这天，她说晚上要到村委会来开会，我们可以在会后相谈。

我从梨子寨赶到了村委会。值班的人告诉我会已经开了不短时间，马上就要散了。我在大厅的角落里选了一张桌子，坐下来，等待她。事先在微信里，我告诉她，我穿着红羽绒服、白裤子，戴了一个茶色小墨镜。谁也没见过谁，就当见面的暗号吧。

守候不多时，散会了。参加扶贫工作经验交流的代表们，说笑着陆续走出会场。人有点儿多。后来，村委会主任隆吉龙告诉我，我要采访的不少人都在这个会上。我当时心里很激动。

不过，天色已晚，我只能捉住隆英足了。

在陆续走出的人群中，一个瘦瘦小小的弱女子径直向我走来。

我的目光绕过她，往她身后看。

她忽然说，你还看谁呀？我就是隆英足！

哦！我不由得吃了一惊。

难道这就是传说中的奇女子吗？

这时，在灯光下，我看到了她那双大眼睛。

明亮的，聪慧的。

她在桌子对面坐下来，开口就说了那句让我难忘的话——

我永远也忘不了妈妈的眼泪！

李老师，那年开学前，妈妈把我家五姊妹叫拢，望着我们每个人，说，孩子们，咱家就那点儿地，一个人不到一亩，能打多少粮？爹妈实在抬不起头，供不起你们都上学了。可喊谁退出来呢？你们都是妈的心头肉……

说着，妈哭了。

那泪水不是流出来的，是大颗大颗掉下来的。

真让我心酸！

妈，你莫哭了！我说，我退出来！我的功课不如姐妹们的好，我不上学了。我出去打工，去挣钱。不让爹妈抬起头来，我誓不为人！

妈一把把我搂在怀里，哭得不能收拾。

第二天，我的姐妹们背着书包去上学，我揣起粑粑走上打工路。

带着对课堂的留恋，带着不像一个女孩儿的誓言。

我是 1973 年生人。那一年，我十四岁。是家里的老二。

老大是女儿，老二还是女儿。想要儿子的爹妈说，足够了，下一个该生儿子了。就给我起了个名字叫英足。意思是，应该满足了，该生儿子了。结果，一连生了三个，都是女儿。

打住，彻底满足了！

李老师，我的名字就是这么来的。很多人问我是啥意思，我都没说。有点儿说不出口。

老人们都说，穷家富路。可我哪有钱呢？听人家说，要打工，就要到省城长沙，那儿好找活儿。

我扒火车。被揪下来，再扒。再被揪，再扒。

几天几夜，终于到了长沙。

一看自己像个叫花子，不敢进城。咋办？

正是收谷子的季节，地里都缺人手。我在郊区黄花镇停下脚，帮人家收谷子。能管饭吃，还论天给钱。钱虽然不多，但却是我一块一块挣下的。

这一块一块的辛苦钱，是我的人生第一次。每一块在我眼里都是金块儿。

我把钱攒下来，在心口上都焐热了。然后，寄给了妈。

有一天，给一家李姓大户收晚稻。我管户主叫叔。

稻田无边，转眼成垛。

李叔说，你真行，愿意留下来帮我喂猪吗？每月给你三百。

啊？每月三百！我顿时心跳加快。一张嘴，能跳出来。

李叔，我愿意！我在家就喂过。

我连想都没想就接过话。心想，不就是喂猪吗？

可是，当李叔带我去看猪时，我惊得合不拢嘴——

哎哟妈呀，一千多头！这还是猪吗？

李叔说，咋不是？你挨个儿看看！

我当真看了。的确，每一头都是猪。

从没有见过这么多的猪，我吓惊了。

李叔说，打扫猪粪清猪圈，你干不？

干！

没干过的人不知道，这是最脏最累的活儿。

我一干三年。累死累活，人熏成猪。

晚上钻进被窝，就像钻进了猪圈。

第二年，上百头母猪赛着要生猪二代。猪丁兴旺啊！

李叔一个人忙不过来，就教我如何给猪接生。

在家里，我从没给猪接过生，都是妈做的。

跟着李叔，我从一无所知、吓得惊叫，到一个可以拿奖的接生婆。

这些猪大妈们，没黑没白没计划，我生我快乐，活活把我练成了千手观音。你生你快乐，我接生我也快乐！

接下来，李叔又教给我防病、治病、打针、阉割，没有他不教的，没有我不学的。

我看李叔家也是农民，但是日子过得飞起来，有房还有车。那个时候，有车有房的人家很了不起。他好像有两三个企业，喂猪是最大的。他为什么这么会喂？为什么懂得这么多呢？

我问他，你是大学生吗？

李叔说，不是，只读到初中。

我心里暗暗吃惊。又问，你只读到初中，怎么会懂得这么多技术，猪场搞得这么好。

李叔说，我都是学来的。跟你一样，跑出家去给人家干。从打扫猪圈开始，什么脏活儿累活儿都干。在干中我慢慢学会了这些养猪技术，就回来自己养了。光给人家打工不成，还是要自己干。

李叔的话，像种子种在了我心里。

我在李叔家，一直干了五年。开始，他什么也不教我。三年后，他看我吃苦耐劳，什么时候脸上都是高高兴兴的，就特别喜欢我，把我当成亲人。

李老师，您想我怎么能不高兴呢？

我是从很苦很苦的日子里走过来的，从懂事的时候从来就没有吃过一次大米饭，天天都是红薯饭、萝卜饭、南瓜饭，里面只有几粒米。炒菜的时候，妈根本舍不得放油。那时候我五六岁吧，一看妈要炒菜就跑过去，馋啊。我家的灶很高，我搬个小板凳看妈炒。她用筷子卷个布条，往油瓶里插一下，往锅里抹抹，就把菜放进去炒。没有办法啊，家里养个猪到过年杀了，还要卖钱供我们几个孩子读书。现在，我住在李叔家，有好吃好喝，又有工资，跟到了天堂一样，我怎么能不高兴呢？后来，我知道，一个月李叔给我三百块是最高的。一般出来打工的能挣到二百就不错了。我心里好高兴，从不觉得苦累。

李叔开始信任我了，有时候让我帮他们家做事。我什么事都做得很好。他就慢慢教我一些养猪的技术。他说以前到我这儿来打工的人不少，不像你这样，不怕苦累，责任心又强。他们在我这儿干两三年，我什么技术都不教的。李叔不但教我技术，对我真的像一家人。一年给我买两身衣服，热天买一身，冷天买一身。

干到第五年的时候，李叔终于对我亮出了他最后的绝活儿：人工配种。就是取公猪的精子，直接配给母猪，坐胎率很高。这个技术以前我连听都没听说过。当然，在我那还很落后的家乡，更没人知道。要配种的时候，都是赶着公猪过去。山高路远。到了地方，公猪走得太累了，根本配不了，白白赶过去。这个人工配种技术，是我在李叔家收获最大的。

他那样认真地教我，不知道我心里的种子已经发了芽儿。我有了想法，什么都学会了，我要回去自己做，就像李叔当年学会了技术自己回来做一样。我要回家乡去创业，让爹妈抬得起头来。

这天，李叔对我说，你学会了人工配种，养猪这行，就没你不会的了。你勤快老实，是个值得信任的人。我想把猪场交给你，每月给你五千块，年终还奖励几万，你看行不？

哎哟，每月五千块，年终还有奖金！

这对我来说，在梦里都没梦到过。

可是，我心跳正常。

说实话，我对不起李叔。我已经有了二心。

我说，叔，您对我这么好，谢谢您，再三谢谢您！我不想干了。

李叔吃了一惊，为啥？

我说，李叔，我家穷啊，家里有爹妈，有爷爷奶奶，还有四个姐妹在上学。一家人都指望我！可是，靠我在这里打工，叔给的钱再多，也养不活这一大家子人。我在这里打工也不是一辈子的事。我想回去创业，自己干。像您当初一样，离开打工的地方，回乡自己创业。我要回去开办猪场，挣更多的钱，让家里过上好日子，让爹妈抬头做人！叔，我对不起您，请您原谅我！

李叔听我这样说，半天也不出声，人好像在做梦一样。

我流泪了。

我又说，叔，我真的对不起您，请您一定原谅我！

李叔长叹了一口气，说，我培养你好不容易，五年了，什么都教会了你，你却要回去。你走了，我怎么办？我不是不支持你回乡创业，你能不能再帮我干几年，到时候我拿出一笔钱来支持你创业。

我说，叔啊，我没有法儿感谢您了。如果再干几年，年纪一年大一年。回去就要结婚。我就是不结，爹妈也会逼着我结。我一结婚一生孩子，还创什么业啊？我回去要从零开始，被结婚生孩子一拖累，说不定就永远是零了。那样我也对不起您这几年对我的培养。

李叔说，你说的有道理，我留不住你了，你想回去就回去吧！我给你拿上八千块钱，当个本钱吧。如果不行了你再回来。

我哭成了泪人。

我告别了李叔，他送了又送。

一路上，我不知回了多少次头。

面对每月五千块的收入和年底的奖金，李叔又对我这么好，我离开对吗？我的选择对吗？未来又会是什么样？

尽管一路回头，但我终于没有停足。

向前走，向前走，向着家乡飞虫寨而去。

让我万万想不到的是，全家没有一个人同意我养猪！

养猪是我们苗家百姓的传统，家家都有两三头，过年杀了熏腊肉。

妈说，你看谁家靠养猪挣钱了？

爹说，养个猪一年到头能吃上就不错。要是害了病，过年只能看人家吃。

我说，我看到李叔养猪挣钱了。我不是养一头，要养成百上千头！

爷爷说，你疯了？成百上千头？你背得起猪菜吗？搂得起柴吗？煮得起食吗？

我说，我不用搂柴煮食，我是现代化养猪，喂饲料，菜也生着吃。

爷爷说，没听说过！

奶奶说，你快醒醒吧！就算天上掉下来这多猪，你在哪儿养呢？

我说，咱家不是有块地吗？我圈起来在那儿养！

话音没落，大人一起瞪眼，那是命根子！种上一年好赖有粮吃，让你弄废了，全家喝西北风吗？

我说，那点儿地种得再好也只够吃，一辈子都抬不起头。拿来养猪就不一样！李叔也是农民，也跟我一样念不起书，可人家现在过的啥日子？你们知道吗？！

说着，我哇的一声哭了！

我边哭边说，猪我养定了，就是悬崖我也要跳！

听我这样一说，全家一下子心软了。

想到我几年来为家里拼命挣钱，决定把地拿出来。

爷爷最后叹了一口气，唉，如果你搞不好，往后家里的粮食到哪里去找？

其实，爷爷说得很对。在这山连山的地方，田地好珍贵，家家都靠这一块地吃饭。

我说，爷爷，我一定会搞好的。到时候就不是靠这点儿地吃饭的事儿了，是要脱贫走富裕路了。

爷爷摇摇头，没再说什么。

我开始计划钱了。要修猪圈，又要买猪，李叔给的八千块是不够的。跟谁借呢？我就找到了小姨。她是国家工作人员，就是公务员，理念好一些。我说您能借我四千块钱吗？小姨想了想，我知道你要养猪，我支持你。这钱以后你能还就还上，还不上也没关系。我说我有这个信心，一两年肯定会还您。

我家的地在山上，修猪圈就把李叔的钱用光了，还欠了施工方的。我说，放心，以后一定还上。

有了圈就开始买猪了。手上只有四千块，能买什么猪呢？来到种猪场，我看花了眼。一问价，惊得舌头吐出来收不回。那时候，一头品种猪好贵好贵，一百斤以上的要上万块。要买当然还是大的好，但我买不起。而且，就是买小的也只够买一头。要发展养猪，特别是要用上人工配种技术，只能先买公猪了。我真可怜呀，手上攥着这点儿钱，选来选去，买了一头才满双月的小猪，只有四十斤。这小猪我要喂一年才能起精子。没办法，买！

后来，我又厚着脸皮，跟熟人借了两千块，买了一头小母猪。

我心中伟大的创业，就从两头可怜的小猪开始了。

山上没水，更没电。水要到山下挑，手电就是电。

晚上，猪睡在圈里，我紧挨着猪睡在圈外的巷道。那时候，有人会偷猪的。我不跟猪睡在一起，晚上猪被偷了咋办？我把木板铺到地上当床，人就裹着被子睡在上面。

睡在山上好安静啊，静得吓人。可是，夜深了，起风了。风中传来咕咕咕的叫声，不知是鸟还是兽。这叫声让我害怕了，翻来覆去睡不着。

半夜，忽然听到哗啦哗啦的脚步声。

我大声问，谁？

没人回答。

脚步停在圈外，半天没动静。

我吓哭了。

哭着哭着，我一咬牙，英足，你哭什么？你怕什么？无非就是个死！你不是说了就是悬崖你也跳吗？现在咋了？害怕了？不敢跳了？要退缩吗？

不，再咋样，我也不能退。退了，家人笑话，村里人也笑话。

就这样，在大山上，一个女人，两头猪。

白天。黑夜。下雨。刮风。

人争气，猪也争气。一年后，猪长大了。人工配种成功，母猪一窝就下了十多头！吱吱叫着，可爱的，快乐的。

有一天，我看着这窝小猪，突发奇想，这些小猪要长大了，那得多长时间呢？什么时候才能还债？什么时候才能淘到第一桶金？哪怕是一小桶！我掌握的这门配种技术，简便易行，成功率高。如果推广开，不就能很快转化成经济效益吗？我们家乡的百姓，现在喂的都不是品种猪，说白了就是近亲猪，自家养的猪自家配种。下的崽既不好看又长得慢。条件好一点儿的，花钱请人家赶公猪过来。往往是猪赶来了，钱花了，没配上。我的公猪是品种猪，不敢说一配一成功，但八九不离十。只要下了崽，老百姓一看眼就亮了，绝对跟他们自己的不同。为了推广，我也不多要，配一次八十块，家家都能承受。

可是，我又一想，在这封闭的山村，谁家都没听说过这个事，哪里会相信呢？要做，就要从熟人开始。俗话说，骗子杀熟。可我不是骗子，我是天使！

我想来想去，想到同学小吴家养了一头母猪，正是发情期，配种肯定能成功。

我下了山，来到小吴家，找到小吴，跟她说了自己的想法。小吴听了又惊又喜，就带我去见她爹。

我说，吴大叔，我给你家的母猪配种吧！

吴大叔说，好啊，我正着急呢！你啥时候赶公猪来？

我笑了，说，我不用赶公猪就能配。

吴大叔两眼瞪成牛，啊？不用赶公猪就能配，你说什么呢？英足啊，你外出打工学会骗人啦？

我说，大叔，我不会骗你的。这样吧，我先不要你的钱，配成下崽了你再给我，行不？

吴大叔眨巴眨巴两只牛眼，这行，我倒要看看你咋要我！

我永远不会忘记我推广的这第一家。

吴大叔点头了，我就动手了。

过了几天，大叔的老伴儿吴大妈赶集，碰上了我爹，离老远就尖起嘴巴叫，隆大哥，厉害了你的闺女！

我爹吓了一跳，她一个毛丫头怎么厉害了？

毛丫头？吴大妈的手尖尖地指过来，她骗人骗钱骗到我家来了，拿了一小瓶水水就要来配猪，张口八十块！幸亏我家那位多个心眼儿没给她！这毛丫头，真够毛的！隆大哥，你闺女外出几年学了坏东西，你要好好说说她！

那个时候，街上没有车，都是走路，一帮一帮地走路。他们看到吴大妈指着我爹乱叫，都停下脚来。

我爹哪还有心思赶集，低头不语。

吴大妈还没完，一看人多了，嗓门儿提高八度，你回去告诉你闺女，以后别再骗人了，要骗就到外面去骗，别骗本村的，让村里人看不起她！

我爹像疯了一样跑回家，跑上山，指着我一顿骂，恨不得抬手要打。

我说，爹，我没有骗人。你看到了，我这一窝小猪。

你自己搞搞就算了，还去骗别人，让我这老脸往哪儿放！

我说，爹，你先别骂了，我真的没有骗他们。猪差不多四个月就下了。你再见到吴大妈就跟她说，让他们一家人注意观察母猪的肚子，看到它肚子慢慢大了就全知道了。我现在说什么也没用。

爹说，我还哪有脸去见人家？说出大天人家也不信！

我没有再回嘴。

过了一个多月。我在街上碰到吴大叔，大叔，你家猪咋样？

吴大叔抓着脑壳，这些日子也许我喂多了，肚子有点儿鼓。

我说，你们好好观察吧，好好喂它吧。

又过了两个多月。一天，吴大妈慌里慌张地跑到我家，迎面撞上我爹，直着嗓门儿叫，你闺女呢？

我爹一看来者不善，忙说，她没在家。

没在家？跑了和尚跑不了庙！

吴大妈说完，扭头就往山上跑。

爹不放心，怕她打我，就跟在后面追。

追到山上，只听吴大妈离猪圈老远就喊，英足闺女，大妈错怪你了！我家的猪下崽了！十二头，十二头啊，个个滚瓜溜圆，一色白色的！以前我家的猪崽耳朵都是塌下来的，现在都是往上升的，好漂亮！我要给你一百块！我要给你一百块！

我说，大妈，谢谢你，我说好八十块就八十块！

跟在后边的我爹一屁股坐地上，我的那个妈呀！

打这以后，吴大妈成了我的活广告，家里那窝小猪成了明星。追星族踏破门槛儿，手机相机咔嚓嚓。

吴大妈眉飞色舞，连声叫着，我根本没有看到她赶公猪来，一小瓶水水就下这么多漂亮的猪。当初，我真的不敢相信，还以为她是在骗人。我错怪了她，冤枉了她。现在，我要说正事儿了，谁想买我家的品种猪要提前预订啊！货不多，我自己还要留！

她这人就是这样，你差她把你说得差地底下，你好她给你捧到天上。她走到哪儿说到哪儿。人越多，她说得越热闹。

就这样，我一下子红了！

桃李不言，下自成蹊。

十里八乡的养猪户都来找我。

一个月光配种就挣八千多，别说还给人家看猪病，打防疫针。

一天到晚，我从早上走到下午还没有吃上早饭，从一家跑到另一家。那时候，我没有钱雇车，乡下人又没车，都是靠走。不管路有多远，来一个电话，我就过去。只要过去，就是宣传，就是推广。凡是我去过的村寨，从此没有了赶公猪配种的。有时，对方有车来接我，我到他们家的时候就快一些。早配早生崽，小猪卖了就能挣大钱。

我是从穷人家过来的，特别理解穷人。有时候我给人家配种，看到旁边站着好几个老乡，眼巴巴的。我以为他们是来配种的，他们摇摇头说，我们买不起猪啊。虽然买一头小猪并不要很多钱，但是他们买不起，他们没有钱。我说，如果你们真的想养，就到我那儿去把小猪抱回来吧。我先不收你们的本钱。你们喂好了，把它卖钱了再给我。还有饲料，我也先赊给你们，等你们把猪卖了再还给我。这些老乡一听，眼泪当时就下来了，哗啦哗啦，让我看不下去。

说老实话，他们流泪，也更坚定了我往前走的信心。

我白天忙一天，晚上回来就数钱。

掏出两个口袋来数，都是八十元、一百元。

数着，数着，我哭了。

边哭边数，边数边哭。

我挣了钱，还清了债，让家里人有了笑脸。

但是，我冲着黑暗的大山喊，这不是我的初衷，不是！我要建一个养猪场，把猪多多地养起来！

根据我家的人口，又没有地种，靠我刚刚启动的收入，还是不行，被村里评为贫困户。爹妈还是抬不起头来。

没过多久，习主席来了，精准扶贫的春风吹进山寨，绣球抛给了我，银行送来了扶贫贷款的支票。

我喜出望外！

建猪场的愿望实现了！

很快地，在那绿水青山的深处，在那白云缥缈的地方，一座现代化的猪场建起来了。我养的猪，最多时达到了两千七百头！

爷爷说，当真成百上千了！

我当时养了两种猪，一种是圈养的，一种是放养的，叫湘西黑猪。放到山上，让它们自己去长。喂完早饭就把它们放出去。晚上要喂饭了，吹个哨子又跑回来了。放养的猪很少喂饲料，它们也不怎么吃。它们在山上吃草，抠土里的虫，回来也不那么饿了，回来我喂点儿玉米，甩到那里给它吃就行了。因为它很省饲料，我就多多喂这些猪。这些猪喂久了跟人一样，也有灵气。差不多下午三点半它们都集中到附近，等我吹哨子，一吹都来了，不要去找它，不要管它。只要把山围了就行。也有的猪走得太远，找不到路回来，就变成野猪了。湘西黑猪虽然养起来轻松省钱，可它们也有不足，每天在山里跑来跑去，一年了才长两百斤。而圈养的四个月就能长到两百斤。但是，湘西黑猪精肉多肥的少，肉好香的，一卖起来就知道价格不同了。圈养的猪卖八块钱一斤，它们要卖十五块钱一斤。因为是放养的，原生态的，价钱虽然贵，但是特别受欢迎。一到过年，不少单位都到我这里来订。不问多少价，只要问多少斤？我说了，他们就给钱。我一年就喂一批，明年再说。那时候，我把玉米放到山上，野猪闻到味儿也过来了。湘西黑猪有时候配了野猪的种，生下来的小猪嘴巴好长，红的，黄的，白的，黑的。好好看，好可爱。很多人到我这里来参观，问我这是什么猪？我就跟他们说，这是湘西黑猪跟野猪配的杂交野猪。他们都笑死了，说从没有看见过这么好看的猪！这些猪虽然成了半野猪，但仍然很乖，一听我吹哨子就都过来了。杂交野猪的价钱更贵些，但是买家疯抢，供不应求。

养猪虽然没有很高的技术，但是我做得多了，说到哪一方面我都清楚。从我跟李叔学的时候起，到现在已经养了三十多年了。

经济收入如何？只要看看全家人的笑脸。

我的姐妹们，现在都是国家工作人员了。她们没有辜负爹妈，更没有辜负我。

爷爷说，我这一辈子也没见过这么多猪啊！

妈说，我看花了眼。可是，我看清了，个个都是猪啊！

说着，她就流泪了。

那泪水，不是流出来的，是大坨大坨掉下来的。

讲到这儿，隆英足停了下来。

李老师，您还有什么要问的吗？

我知道，随着十八洞村旅游事业的蓬勃开展，隆英足，这个传奇的苗家女儿又把目光投向了开发农家乐。

我说，英足，我没什么问的了，我只想说，你的名字起得太好了！

她笑了，我的名字起得有什么好呢？

我说，英雄永不停足！

头上剃字的人

故事讲述人：村民杨超文

李老师，我没有故事。但是，我特别想跟你说说话，讲讲我这一生是怎么走过来的。当然，说一生，还有点儿早。就是我作为一个普普通通的十八洞村民，是怎样从小一步一步地走到今天的。只有经历，没有故事，但是真实。像我这样的人十八洞村不少。也可以说我是十八洞村普通人的代表。普普通通地走过，普普通通地生活，普普通通地面对困境，普普通通地不甘心命运安排。没有故事，也没有曲折，有的只是你在灯下看着我。

你愿意听我讲，还说我讲什么你都愿意听，这让我心里有说不出的高兴。

我真的没有故事，要耽误你一个晚上了。

李老师，你看到十八洞村这一大片人，除了老人家，年轻人都没有我从小吃的苦多。

从小，我是一个爱好文艺的人。我舅舅的女儿生在城市，是我们村民很少接触到的城市人。她一回来就唱歌跳舞，我很羡慕，我很喜欢，我希望我们村的孩子都是这样活泼可爱，能唱能跳。那个时候，我大概是八九岁，看她唱歌跳舞我都害羞了，但是她不害羞。我想来想去，我以后也要有她这种精神，胆量要大一点儿。从她身上，我开始有了一种精神，跟上我的人生。

我们这里地处偏僻，那个时候，也没有时间去学、去唱，没有那个条件，天天都是种田、干活儿。

家里养着猪，养着牛，这都是为了生活。猪生了崽儿，可以卖，家里才有钱用。养牛也是一样，为了生活。爸妈很早就去割牛草，我要帮他们做饭。早饭，中饭，晚饭，都是我做。灶台又高，我要踮着脚。除了做饭，我还要磨玉米给猪吃，用很重的石磨。八九岁的我推起来真吃力。一天要磨二十斤。

到了十七岁，我就不安生了，不愿意再这样过下去。家人给我钱读书，我也不读，用这些钱做准备，约好几个同学，到外面去创业，去做生意。创什么业？做什么生意？都不知道，就是不安心在农村受苦，想出去。说实话，现在我也后悔，文化从此就没有提高。唉，过去的事就不说啦。

我们几个孩子约好了出去创业，就是想摆脱命运的安排，重新找一种生活，找钱。说来也特别失望，我们连个火车站都找不到。那个时候全靠走路。每天走啊走，好不容易从十八洞村走到市里，却找不到火车站。那个时候很小，又不敢问人，连续两天都找不到，身上的钱也花光了，只好回头了。如果那时候找到了，我们肯定远走高飞。

回来的路上正好碰上赶集，我同学他爸爸就抓到了我们。他攥着儿子的手，今天你们谁也不要跑了，都跟我回去！

回去以后，我还是不放弃出去创业的想法。但是没办法，家里要维持生活。我就挑上木炭，赶集去卖。这也算是做生意的实践吧。讨价，还价。老王卖瓜。最后，看谁真有心要买，又拿不出钱，少两个钱也卖给了他。

这样过了一段时间，又学做木匠，做衣柜，做碗柜。钱多钱少的，挣的是现钱。木匠干了两三年以后，活儿不多了，我又转回头去种地。

地是我姑姑家的，姑爷在外面打工，打得挺好。他说，明年我就一心打工了，地承包给别人种。那是一块好地，我说肥水不流外人田，你承包给别人，不如承包给我吧，我来种。姑爷说那好啊，就承包给你。当时，我跟堂哥商量，咱俩一起种好不好？有了收成各半。堂哥说行！

到了开春的时候，我姑爷出去打工了。姑姑跟我说，现在你可以过来种地了，可以干活儿了，别耽误了时辰。

我去找堂哥，想不到他说，今年我不能去了。

我好失望。明明说好了两个人一起干，你现在又说不干了，真不讲信用。这个话是我在心里想的，没给他说。

姑姑一看堂哥不去了，就说我跟你干吧。

地本来就是姑姑家的，当然要听她的。

我说，好啊好，收成下来了，你看着给我就行。

犁田的犁很大很重，我抬那个东西，从家里抬到地里，要休息三次。那一年，犁田、插秧、收谷，我干得很累。但是，我坚持下来了。到了年底，收成了。

姑姑说，今年收成可以的，给你五百块！

那个时候钱值钱，五百块相当于现在的五六千。我很满意。

要过年的时候，我买了一对音响，组织我们村的年轻人，跳迪斯科、唱唱歌，把大家的精神抬起来，也圆了我童年的梦。

在唱歌跳舞中，我认识了我老婆，她是我们本村的。

婚后，我俩决定开发我们现有的地，不种粮食了，种辣椒。虽说种辣椒比种粮食多收入一些，但是非常有限，只能够维持五天才能买一次肉吃，日子过得很艰苦。

就在这时候，外出到广东打工的老乡传来好消息，说他们那里要人，每月可以挣不少钱！那个时候外出打工都是这样，老乡会来信，说他那里打工的单位要人了。又没有手机，什么也没有，就是靠写一封信。然后，亲戚带亲戚，朋友带朋友，就赶到老乡那儿去。我收到老乡的来信，就回他信，说太好了，我马上就来。我是这样说的，可他不相信我真的来。为什么？因为他看我回信没有让他回来带，那我肯定去不了，人生地不熟的。

老乡想错了，我没让他回来带，是怕耽误他打工挣钱，来回路费也不少。我决定自己去。我和我老婆，加上我姐姐，我们三个就去广东潮州市了，也就是老乡打工的那个地方。

现在想想，胆子真是够大了。

可见我挣钱心切，摆脱苦日子心切。

我们在广州火车站下车，下车以后就找汽车站。找来找去找不见。

这时，来了两个骑摩托的，问我们，你们去哪儿？

我说，我们要去汽车站，到潮州。

骑摩托的说，是不是要到汽车站？

我说，是。

他们就说，上车吧！

我问，带到汽车站多少钱？

他们说，五块！

现在听起来五块不多，似乎掉到地上都懒得捡。但那个时候钱值钱啊，五块就不是个小数。可不认识汽车站怎么办呢？

五块就五块吧，我说，走吧！

当时，我还多了一个心眼儿，那个时候社会很乱，怕等一下把我老婆带走，或者把我姐姐带走，卖到内蒙古去。那怎么办？我想来想去，觉得姐姐年纪大一点儿，带走卖了的可能性不大。那么好了，让她坐一个车，我和我爱人坐另一个车。五块钱坐一次。

摩托车很快把我们拉到了，没有人被拐卖。钱收走了。

下了车，我才发现，汽车站其实就在火车站旁边，隔着一座桥。摩托车只是在楼群里拐了一个弯儿，就把我们送到了。我们要是直接穿过桥去，也不过几分钟。

人生地不熟，一下火车就被人骗了！

想来想去，被骗也没办法。我们还算成功的，没让别人把我们拉到荒地里去就可以了。

我们坐了一个晚上的汽车，来到潮州大兴乡。

一下车我们就问，你们知道这里有一个发展公司吗？问谁谁也不知道。后来才明白，这里的公司多如牛毛，谁知道什么发展公司啊。可我们也不敢再打摩托车了。

一直打听到下午，太阳都要落山了，还没有下落。

那时候真的很怕，我们出来就带了三百多块钱，坐火车、坐汽车差不多就用光了。身上没有多少钱了，不敢到旅馆住宿。

两个女人问我，这怎么办？

我望望四周，好像附近有山。

我说，我们到山上去过夜吧！

两个女人一听吓得要命。

可身上没钱，也没有办法，只好往山那边走去。

真是天无绝人之路。来到山前，发现这里有一座大房子，里面是空的，好像建了半截儿。我们三个人就钻进去，黑咕隆咚地瞎摸着，在大房子里睡了一夜。其实，我哪能睡得着？万一半夜来了坏人咋办？

我迷迷糊糊的，支着两只耳朵，像马一样，听着四周的动静。

还好有惊无险，一夜平安。

第二天一早，就接着去找老乡打工的公司。

走啊走，边走边问。

很远处，发现前面有个公园，有保安守着大门。

我心想，保安眼观六路，耳听八方，一定能知道公司，就带着两个女人急忙往前赶。

来到大门前，我问保安，你知不知道附近有一个发展公司？

他说，什么发展公司啊，叫发展公司的多了，你得说出具体的公司名儿。

得，还是没打听到，我心里好难受。

没办法，继续找吧，实在不行晚上再到山上过夜。

我们三人走着走着，眼前的公司多起来。

就在这时，我突然发现了老乡！

哎哟，他吃了午饭出来遛弯儿呢，大摇大摆的，根本没认出我们来。其实，我们很难认了，个个都像叫花子。

我冲上去喊，老乡！

他吓了一跳，以为遇上了鬼。

啊，你真的来了！

我说，可不是吗？再找不到你，命就没了。

他看到我带着老婆和姐姐来了，给我一个大拇指，你厉害！

就这样，我们有了落脚的地方，开始了打工的生涯。

这一干，干了好几年。

再苦再累，也比种地强一百倍！

但是，这时候，我老婆怀孕了。

这本来是个大好事，可是，我们在广东待不住了。老婆要生娃娃必须回家，在这儿生不起。

就这样，我们又回村里来了。

回来以后，手里有两个钱，我就做小生意。开始做辣椒生意，又做水果生意，又做蔬菜，又做服装，又做食品。

做了几年，还是不行。关键是，我们这里路还不通。比如说，明天要赶集进点儿货，我今晚上就要往集市那边走，找个地方住一晚上。赶集一天，要浪费三天的时间。如果我老婆也要去，又叫我妈帮着背孩子，那我们就是三个人了。用了好几天的人工，算下来每天也就挣五六十块钱。就算那个时候钱值钱，这样进货还是不值，而且把人累得半死。

我又动了心思，还是得出去打工，这样继续下去，最后连温饱都保不住。

然后，我又联系上在浙江打工的老乡，准备前往投靠。

我跟老婆说，不行，我还得出去打工。

老婆说，看你精神的，我根本控制不住。你去就去吧，去个一两年赶紧回来。我让老人带着孩子，我跟你一块儿去。

正如我老婆说的，她不能控制我，我也不能控制自己。

我带着媳妇出发了，一到浙江眼就花了。一干就是四五年。

这一年，突然听到一个消息，说习主席到我们村来了。

我不敢相信是真的，这怎么可能呢？

我就给叔叔打电话，叔叔说是的，昨天下午习主席来到咱们村了！

真的？

真的！

我怕叔叔跟我开玩笑，又打听了其他的朋友，他们都说是真的。

我被这个消息控制了。

吃不下饭，睡不好觉，激动得不得了，有时候全身都抖。

老婆说，你疯了？感动归感动，吃饭还是要吃。

我说，老婆，我没疯。这回习主席一来，肯定给咱们村带来了福气。我想回家一趟看看！

老婆说，我控制不住你，看你这精神的样子，我就知道你想什么就要做什么了。牛也拦不住。你回去两三天就回来，别把这边儿打工耽误了，每天都是钱呀！

我说，可以。

第二天，我跟老板请假，说家里出事了，我要回去看看。

他说，你回去多久？

我说，最多半个月。

他说，不行，只能一个星期。

我说，一个星期就一个星期。

老板还很仁义的，说你打算拿多少钱去？

我说，最少要两三千块。

那个时候，我的工资两千多块钱。

老板想了想，给我了一千块钱。就给你这么多，你花完了赶紧回来！

这点儿钱在路上就花完了。

吃饭了吗？到家以后，看到村里发生了变化，好像开始往旅游方面发展。

我一想，是啊，习主席来了，往后旅游者一定会来很多，做旅游一定有前途。游客来了，参观完了肯定要吃东西。好，我就准备干吃东西这行，农家乐！

我开始准备材料了，锅瓢盆儿家伙什儿。

老婆说，你回去一个星期了，怎么还不回来？

我跟她说，现在车票很贵，我的钱已经用完了。要不等等，看看车票便宜的时候我再回去。

老婆说，随你啦，我反正控制不住你。

这样一拖，就拖下来了。

可是，刚一开始，旅游者并没有来多少。一天十来个。

我没想到，后来旅游的把路都挤得不通了。

我的农家乐生意，办不下去了。

要冰箱没冰箱，菜都放烂了。

两个多月后，嗯，关门大吉。

现在想想，那时我是全村最早做的，但时辰不对。没坚持到后来，真是可惜。后来，全村的农家乐像雨后蘑菇，家家都发了财。

这时候，精准扶贫工作队来了。工作队不是来发钱的，也不是发鱼的，是来教大家挖鱼塘的。这是个形容啊，就是要让大家自己想办法发展，脱贫致富。正如队长所说，授之以鱼，不如授之以渔。

工作队发话了，让贫困户自己报产业项目，有什么要做的，项目通过了，可以领到五万块扶贫贷款。

这可是一笔不小的贷款，而且利息还不用自己掏！

我一想，农家乐做不下去，那做什么呢？

我想来想去，养鸡如何？

我把项目报上去，获得了批准。

我从来没养过鸡，没有技术。但是我有耐心。

我先买了七八只。结果，全部死光了。

我没有灰心，又买了十八只重新养。

第二次养鸡成功了。我卖了鸡，挣了钱。心气儿一下子高了。

我跟卖鸡的说，我要订你的鸡。

他说订多少？

我开口就说七百只，把他吓了一跳。

他说，你养得成吗？

我说，就是死了一半，还剩一半。

当然，我订鸡不是订大鸡，而是订小鸡。大鸡哪订得起啊？小鸡便宜得太多了。

我又问卖鸡的，现在哪种鸡好卖？

他说，山鸡。人工饲养的山鸡，在市面上很走俏。

我说，好吧，那我就订山鸡。有什么需要注意的吗？

他说，鸡小，怕冷，别冻着，成活率百分之九十九。

得，这话就钉在我脑壳里了。

我下了定金，鸡很快来了。

好家伙，叽叽喳喳一大帮！

我想到卖鸡的说小鸡怕冷，就搞了一间房子，用一个大号的加热灯加热。几百只小鸡都放进去了。

想不到，小鸡都朝灯那儿去挤，挤来挤去，烧死了几十只。

这可把我心疼死了。

我赶紧隔出一间来，把小鸡和大灯分开。我一点点儿摸索，小鸡一天天长大了，长到一斤的时候就好养了。鸡好养了，我没钱了。我到处借钱买饲料，借了有三五万。

又一个没想到，山鸡长到三斤左右就不长了，天天养它也没用，浪费钱。我临时找不到销路，只好批发给菜市场做生意的。这些批发商真狠，说你贵了我不要，就是图便宜才要你的。我想来想去，便宜也得卖，不卖再养也是亏，一天要六大包玉米和糠。我坚持不了，把鸡处理给他了。一算账下来，亏了两万多，还欠一屁股债。

俗话说，好马不吃回头草。

可是，我就吃了回头草。

干什么了？重拾农家乐。

这时候，跟我当初办农家乐不是一回事，游客把路挤得水泄不通。家家户户都开办了农家乐，我必须跟上。

2016年，我的农家乐重新开张，起名幸福人家。

我用苗鼓、苗歌迎接和欢送客人，客人很愉快。饭是这样，三十块钱一个人，吃饱为主，不够可以加，加菜也不加钱。而且我保证质量。说给游客吃土鸭蛋，就一定是土鸭蛋，一定是农家散养的土鸭，不是喂饲料的。我和农家订购，比如现在市场是一块五，我给你一块八，你一定要货真价实。我买一百个就是一百八十块，来回车费还很贵。这个账我就不算了，我就要正宗的，要对得起游客。再比如，像豆腐，说是农家手工做的，绝不到超市去买。超市买两块一个，农家豆腐最少要六块。成本很高。别人一算，你三十块钱一个人，真的没挣多少钱。

至于蔬菜，那更要去农贸市场买当天新鲜的。

为此，我落了个"背篓哥"的外号。

在我们这里，用背篓买菜都是女人，男人一般都用担子挑。我挑了两次，发现担子在路上随肩膀一上一下摇，到家一看，有的蔬菜都摇烂了。而女人背背篓，菜就压不烂。于是，我也背一个大背篓去赶集。把菜往背篓里一装，骑上个旧摩托就回家了。回家一看，那个菜保护得太好了。

自此，我落了个"背篓哥"的外号。

背篓哥就背篓哥，我高兴，我快乐。

诚招天下客。我的货真价实引来游客涌入。老婆当时也不在家，只是我一个人做。三更半夜要劈柴、烧腊肉、切腊肉。

辛苦是辛苦，一数钱就乐了。

我办农家乐挣了钱，接着又办起了民宿，招待来往要住宿的客人。

这天，从北京来了一个画家住在我这儿。他早出晚归，每天带着纸笔去画速写，头发长了都顾不得。他说他要画一组画，好好宣传十八洞村。他这样辛辛苦苦地住了一个月，画的画一摞一摞的。

临走时，他说，你算一下，要给你多少钱？

我说，算了，不要了。你不是来玩儿的，你是为我们做宣传的，我很感谢你。你爱十八洞，我也爱十八洞，让我们交个朋友，把爱留下就行了！

超文真的很爱十八洞。他让理发师在理发的时候，在后脑的头发间，精心剃出三个字，离老远就看见了。

什么字？

十八洞！

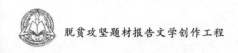

经过的事不会随风而去

故事讲述人： 十八洞村老主任施进兰

李老师，我是十八洞村的老主任，这几年十八洞村精准扶贫的每一件事都是我亲身经历的，我是受益者，也是见证者，更是实践者。当年我在浙江打工的时候，最喜欢听姜育恒唱的那首歌："路过的人我早已忘记，经过的事已随风而去。"那是在打工的纷繁复杂的环境里，每天要见过多少人，要经过多少事，好像都与自己没什么关系，所以我才爱听这首歌。

可是当我回到家乡，亲自参加精准扶贫工作的时候，我想说，经过的事不会随风而去，一闭上眼，就在我眼前走马灯似的晃来晃去。习主席来之前，我们这个地方很偏僻、很贫困、很落后，我们这里，以前有三怕——

第一怕养活一头猪，因为一头猪养了以后肯定有一二百斤，要想卖出去可难了，因为没有路，你必须请十多个二十个人抬到国道的马路边，要抬一两个小时。你请人的时候，一头猪卖出去没有多少钱，请人家要花钱，买烟，供他们吃饭。还有就是别人给你抬猪别出什么事故，摔着了怎么办，路很窄的，十多年前就没通过路，都是山路。

第二怕小孩上学，家有小孩上学天天要送，山路很危险，送孩子上学，要走几个小时，特别是下雨天涨水更不放心。

第三怕有人生病，我们没有卫生院，没有卫生所。生病以后一般情况下，像感冒发热头痛我们都不搭理它，不当回事。等病情严重了，肺炎了，到乡镇卫生院，病人走不了了，还得抬过去。我们大家抬，一抬过去又十来个人。

那时候，我当过第一届竹子寨的村主任，为了治理这三怕，我就组织村民，出义务工，一锄头、一锄头挖出一条出山的小路，虽然不宽，但是能走人，那都是十几年以前的事了，那个时候，梨子寨、竹子寨、飞虫寨、当戎寨，这四个寨子还没有合并成为十八洞村。我在竹子寨当村主任届满之后，就去浙江打工了。

习主席来到十八洞村的时候，我还在浙江打工。有一天晚上，我一打开电视看新闻联播，哎哟，习主席来到我们家乡了，开座谈会的那些老百姓都是我熟悉的面孔，当时，我不相信，不可能的，不可能那么巧。我马上打电话，问家里人，他们说真的，当时我很感动，很振奋，感到这是千载难逢的机遇，我要回去，回家乡看看，我马上向老板请假。

那时候，我在工厂搞数控车床，工资很高，数控车床是加工汽车零部件、摩托车配件的，精度要求很高。是个技术活儿。当时我工资一个月有七千多将近八千块钱，我跟老板说，老板我有个事想请假，我没跟他说习主席来到十八洞村了。他说这么忙，你请假，这段时间不行，过年你再回家，人家给我下订单了，你不能回去。我只好跟他说，跟你说实在的，习主席到我们十八洞村了，我要回去看一下。他说，习主席到你们村了，好是好，但是我这儿也忙，离不开你。说实在的，老板就关心他的产品，他厂里的收入，他不关心你家乡的变化，他不管。我说你不批假，那我就辞工不做了。他说你真的要辞工，我就扣你工资，押金一个月的，还有这个月工资。计算下来，起码有一万块！我说，你扣吧，我不要了，我就是要回去，我当时下了很大决心，老板说扣我的工资，其实也没扣，他是要留住我。我走了以后，到年底他照样给我开了工资，一分不少。

我当时回去抱着什么样的心态？我觉得习主席来到十八洞村，肯定国家会给我们拨很多钱，老百姓要分很多钱，我当时是抱着回来分钱的心态。习主席来之前，也有不少领导来，来了都拨钱，当时我就有这个想法，习主席来了，官儿比他们都大，肯定钱更多，我是准备回来分钱的，我不回来就不会分给我。但是，我回到家乡一看，哎哟，这回不一样！习主席来到村里没给大家分钱，给我们提出精准扶贫的重要指示，给我们无形的资产，要让我们自己干出钱来。习主席回去了，县委县政府马上派了精准扶贫工作队来到村里，跟我们同吃同住同劳动。我这个人在外面打工时间长了，脑子比人家转得快。我就打听，扶贫工作队是从哪个单位来的？一打听，队长叫龙秀林，既不是财政局的，也不是发改委的，是宣传部派的一个副部长，他要钱没钱，要项目没项目，最多只有一张嘴，我感觉很失望。他是宣传部的副部长，就是玩嘴皮子的，我感觉县委县政府对我们十八洞村的建设不够重视，那年年底测评的时候，我们给他打最低分。后来，我慢慢看，通过他的身体力行，把十八洞村子转变过来了，工作队不是给我们送钱来了，真的就是给我们带项目，带理念，主要是靠大家来干。

那是2014年的3月，我们支部换届选举，我刚好是支部委员，也是副书记。我荣获高票，当上了主任。当时，我老婆还在浙江打工，她不回来。我当选村主任以后马上给她打电话，准备给她一个惊喜，我说老婆，我向你报告个事，给你一个惊喜。她说什么惊喜？是分到钱了吗？我说，我高票当上十八洞村村主任了。想不到她一盆冷水泼过来，你当什么村主任？得罪人，工资又很低，几百块钱，你怎么搞？咱们家小孩上学负担那么重，你不是当过村主任吗？又得罪人，又不挣钱，几百块钱一个月，你会不会算账？你还要不要这家了？

我被她泼了一盆冷水，凉了半截儿。

她说的也是真事，我一个月赚七千在外面打工算是高工资了，当个村主任也就几百块钱，但是，我说，现在老百姓都选我了，我不当，不当怎么办？百姓信任我，我必须要当！她说你千万不要当，赶紧给我辞了！

怎么说她也不同意，还跟我吵起来了，说你当你的村主任，我打我的工，实在不行咱们就离婚！连这样绝情的话都说出来了。想想也是，我们夫妻俩一起出来七八年了，在浙江也有一个小家，小孩子正在上学，那边条件也好，她当然不愿意我回家乡了。但是，我坚决要当村主任，她对我伤心伤透了，这以后一年半年都不打一次电话，我打电话她也不接。

为了我当村主任我们夫妻之间打起了冷战，甚至使我产生了怀疑，我的选择是不是搞错了？我在外面打工一个月七八千块钱什么事不用想，上班下班，下了班睡觉。日子过得挺好。现在，不光我老婆不支持我，在那边一起打工的，还有我们村的很多老乡，他们也跟我说，你不要去当村主任，我们还是一起打工挣钱多快乐，你回去当村主任肯定是倒退！我们在这里再怎么说一年五万块钱挣到了，三年十五万。你当村主任一届是三年，我们最少在这里挣十五万，你回家能挣到十五万吗？

我心里就是带着这样的包袱，走上了村主任的岗位，一开始工作很难做，我们要扩宽路，占老百姓的一点儿地老百姓就要求补钱，这个要补钱，那个要补钱，天天找我，麻烦事很多。当时我们拿不出钱来，他们就骂我。

家庭不支持、老百姓不理解，还要说我的坏话，我又一次感觉自己是不是选择错了？工作队队长龙秀林看出我的情绪来了，他鼓励我。我说，老百姓不理解没事，但是我家庭都不支持我，给我的压力很大。他马上就给我老婆打电话。

龙队长给我老婆打电话，我老婆就接了，我打电话她就不接。龙队长跟她说，你老公回来当村主任，是全村老百姓选他的，老百姓信任他。他舍弃小家顾大家，他无私奉献，才能把十八洞村带好。他在外面闯荡多年，见多识广，有很多经验，这样就能带动老百姓脱贫致富，弟妹，希望你理解，不要为难他。

我老婆也是通情达理的人。她说，龙队长，其实我不是不支持他工作，这个我知道，现在在农村当基层的干部很难，以前他也当过了，得罪了不少人，不得罪人根本开展不了工作。有些事老百姓不理解，这是一个。还有是工资很低，一个月几百块钱，他在这里，一个月七八千，他不做，是不是太傻了？龙队长，他可能没跟你说，我们家里的负担是很重很重的，现在我们小孩正在上高中，正要钱，马上要上大学了，你看怎么办？你知道吗？我们家有三个孩子。啊，龙队长吃了一惊，你们家有三个孩子？我老婆说，老大是儿子，生第二胎是龙凤胎一儿一女，三个孩子的上学问题，要给我们带来多大压力啊？这个他没跟你说吧？队长说，哎哟，这个他没跟我说，我还真不知道他有三个孩子，这对谁家来讲都是很困难的事，我在这里向你保证，你放心，贫困干部我们会支持的，会帮助的，不会让贫困压倒他，你放心，小孩考上大学了贷款助学，我们给他办理，绝不能让小孩辍学，这点你放心。我老婆说，说来说去，主要是担心小孩上学没有那么多钱，三个孩子的学习成绩都很好，上大学是肯定的，困难是具体的；他挣钱多少都没事，辛苦我也不管，主要是孩子上学的问题。龙队长说，弟妹，没事的，你别担心，孩子上学，我们肯定想办法，实在想不到办法，我们工作队集资，也让他们上学，你放心吧！这就打动我老婆了。她说，队长，既然你这么说了，我就放心了，不知道你说话算不算数。龙队长说，我用我县委宣传部副部长的名义担保，我是政府干部，你放心，我说一不二！

我老婆说，那可以！我相信你！今年我不回来了，我做到年底，年底再回来，看能不能帮他一点儿忙。我老婆慢慢理解了，2015年她就回来了，不出去了，她思想通了，支持我工作，在家里照顾老人，做农活，做家务事，管理小孩，我就安安心心做工作，我的工作压力小多了。说实在的，家庭问题都处理不好，怎么干都不安心，她回来了，安心看好家，照顾好老人，带好小孩，做好农活儿，这是对我最大的支持，2015年我信心满满，尽管当时受到很多阻力。

当时要修很多路，老百姓不理解，老百姓说，国家肯定有钱，怎么一分钱不给我们拨？是不是你们工作队、村干部贪污了？不仅说我们，还写大字报骂我们，因为老百姓不理解，我工作压力很大，老百姓很现实，我们修路占他的田土面积。还有搞路网改造，修机耕道，都要占他们的田土面积，他们都要你补。有时候给他补钱他也不同意，说钱太少了，还是不同意。怎么办？我们就召开党员干部会议、村支两委会议、群众代表会议、小组长会议，商量解决办法，在会上，我们的老党员老龙说，我家有一块地，正好挡住修路，先从我家开刀，先修我家门口，他说修了我家，再慢慢做老百姓的工作。老龙这样一说，我们马上就从他那块地开工了。还有老支书石顺莲，她说我家有一块在那边儿，也挡着修路，施工队就先到我那里去修吧。好家伙，施工队马上又从石顺莲家那块地里开工了，这边儿开工那边儿也开工，我们慢慢做老百姓的工作。党员纷纷起带头作用，给村民们不小的震动，通过我们慢慢做老百姓的工作，大家也纷纷支持修路，说我们都知道，要想富先修路。

当时还要修一个停车场，原来那个停车场太小了，车一来就堵，得修一个停车场，有一家村民，正好有一块土地在停车场中间，这是他家唯一的地，不管我们怎么说，他都不同意，怎么做工作怎么补钱都不行。这时候，我们的第一书记施金通站出来说，这样吧，我家有一块田，是很好的田，就拿我家的好田跟你对换。你看行不行？事情都到了这个份儿上了，村民只好同意了。对换以后，停车场顺利动工了，虽然施金通说换，但是他爸妈不同意。他跟我说，主任，最好你帮我做做我爸妈的工作，我做不通。好吧，我就去他家了，施金通是我侄儿，我管他爸叫大哥，我说哥，现在我给你做这个工作，既然我侄儿同意了，你也要同意，支持我们的工作。他说什么党员干部？拿自己家的好田给人家了，他吃坏了？他老爸就发很大脾气，说以后他不要回家吃饭了，自己家那么好的田给人家拿走了，以后他不要回家吃饭，什么党员干部！我说，谁叫我侄儿是党员干部？党员不带头谁带头？哥，你就同意吧。我求求你了！我到底是村主任，他老爸忍气吞声地点了点头。

当时，修路非常困难，碰到有石头的地方，大石头，没办法，机械没有，雇不起，我们就用大锤砸，在里面放炸药炸，打一个炮眼要一个多小时，两个小时打下来，很艰苦的。我们就分任务，你家多少米，我家多少米。有村民提出来说，你们干部就免了，你们忙成这个样就不要分摊了。我说不行，我们一粒米也不能少，大家是多少，我们就是多少，直到把路修通！

事后，施金通说，作为党员干部，不管什么方面我们都要率先带头起模范作用，我们必须跑在老百姓前面，你不跑在老百姓前面，你是党员干部都想不通，工作都做不通，还怎么带动老百姓？后来，我们通过党员干部带动，慢慢老百姓的思想统一了，工作顺多了。

通过这几年我们统一老百姓的思想，党员干部带头等，现在十八洞村做得越来越好了。我们经常开展道德讲堂，讲自己身边的故事，道德讲堂一个星期开展一次，不请讲师，就是老百姓自己讲自己的故事。比如说助人为乐、拾金不昧、好人好事、带头致富、遵纪守法等，一个星期讲一次。还有，我们的思想道德新计划模式，搞新计划评比打分，多少分，老百姓来评比。我们打分六项，第一项，支持公益事业的我们打15分，遵纪守法的得17分，带头致富的打17分，家庭美德打17分，社会公德打17分，个人品德的打17分，六项总共是100分。

我们通过这些把老百姓思想统一起来了，90分以上的我们评五星级农户，80分以上的评为四星级农户，70分以上的评为三星级农户，60分以上评为二星级农户，依此类推。60分以上的村民还可以，可以参加评比大会，表现好了，当场评比，当场打分，当场宣布评比结果，一个星期我们就挨家挂牌子。通过我们用村民自治、法治、德治管理老百姓。老百姓纷纷争当五星级农户。

当然，说实在的，现在十八洞村能有今天的成果是一步一个脚印走出来的。经过的事不会随风而去，很多人来十八洞村都爱问一个问题，是不是习主席到了你们十八洞村，国家给你们投入很多钱，现在你们可能有用不完的钱。

很多人这样问我，我跟他们说，你说不投入是不可能的，我们投入归投入，自力更生归自力更生，为什么十八洞村现在成为精准扶贫的首创地，精准扶贫的摇篮，精准扶贫的井冈山，我们的转变，大部分都靠自己自力更生。因为习主席来到十八洞村，做出重要指示，第一句话就是"实事求是、因地制宜、分类指导、精准扶贫"的十六字方针。第二句话他说，十八洞的模式要在全国"可复制、可推广"，六字原则。第三句话他说，"我来这里你们不能栽盆景，不能搭风景，不能堆积资金"，还提出十三字要求，"不搞特殊化，但是不能没有变化"。这是习主席来到十八洞村做的重要指示，现在全国贫困的地方还有很多，如果省委省政府、州委州政府，都对我们大量投入，那其他贫困地方怎么办？还能不能推广？能不能复制？

我们就让老百姓出工出力，同工同劳，让他们参与建设，当时我们修的石板路都是老百姓出工出力，同工同劳。修到你家屋前房后你必须要出工出力，虽然你贫困，你没有钱，但是你必须要出工出力，让你参与建设，你才知道自己建设自己的家乡，才知道珍惜。以前都是政府给他们做的，什么都是工作队给他们做，他们说我是贫困户，我应该享受，你们应该给我做，他感觉我是贫困户很光荣，他们大部分都有"等靠要"思想。所以现在我就让他们出工出力，让他们参与建设。

以前都是给钱，都是懒汉养出了贫困户，我们有时候看视频资料，看新闻报道，打牌、打麻将的都是贫困户，抽香烟的也是贫困户，四五十块钱香烟，他们也抽得起。现在我们彻底打破以往的做法，扶贫先扶志，扶贫必扶智，必须激发群众的内升动力，让老百姓参与建设，参与精准扶贫，我们的扶贫才能真正落到实处。以前都是靠输血功能肯定不行，只有靠造血功能，才能让老百姓的思想转变。

通过这几年建设，我有个体会，我们是投入有限、民力无穷、自力更生、建设家园，这就是十八洞村的精神。我们还组建一支民兵突击队，是义务施工队，为什么是义务施工队。因为让老百姓出工出力，同工同劳，有些是孤寡老人，没劳动力怎么办？有些是弱势群体，比如说残疾的，怎么办？你说给他免了，不让他做肯定不行，全村老百姓都要参与，一个也不能剩下。你不能做也行，你有实际困难，由我挑头组建的这支青年民兵突击队，义务施工我亲自抓。遇到孤寡老人，病残弱，我就发动青年民兵队给他们义务施工，帮他们做，不开工资，一分钱不要，中午管他们吃一餐饭就可以了。当时我们有一个口号——

有钱没钱拼上三年！

这个口号像号角一样鼓舞了大家。把十八洞村人都集中起来了。

李老师，到后面这几年的发展，我估计您这几天也了解得差不多了，水电上山了，公路进村了，家家户户装修一新，卫浴统一改造，农家乐遍地开花。我也不要说后面的了，2013年我们的人均收入1668元，2016年8313元，2016年年底全村脱贫，全村摘掉贫困帽子，我们除了11人兜底外，6户，就是残疾的，没有劳动力的，我们搞社会兜底保障，让他们脱贫。你不搞兜底脱贫，他们没办法脱贫，他们是弱势群体，孤寡老人这些，我们有11人。我们2017年2月份，剔除全省贫困行列，也是全省第一批脱贫摘帽镇。到2018年增加到12128元，这几年发生了翻天覆地的变化。

现在十八洞村，从精准扶贫，到精准脱贫，从精准脱贫又迈向乡村振兴。现在我们与农业融合，农业一体化，农业旅游一体化。我们土地都入股，入到合作社，都没有土地了。就这个亩数，我家有1.5亩，他家有2.3亩，他家有1.8亩，我们以后有效益了年底就分红，我们不要种地，但是，可以到合作社务工，合作社给劳务费。我们的农业一体化，农业旅游一体化之后，农业有收入，旅游有收入，现在人家看田园风光，农业文化是一道亮丽风景线，我们村民已经变股民，资源变资产，资金变股金，三变！

前一段时间，中央电视台来到十八洞村采访我，说我们知道你不当主任了，我们还要采访你，请你讲讲这几年十八洞村都有哪些变化？我就跟他们说了三大变化。第一大变化，村容村貌变好了，我们通水、通路、通电、通网络、通电视、通电话。以前进村路是 3 米宽的沙子路，现在已经扩宽到 6 米到 6.5 米的柏油马路。全村 225 户，家家户户房前屋后都铺上青石板，干净、整洁，这是村容村貌变化了。第二大变化是精神面貌变化了，以前我们偏僻、贫困、落后，每家每户每个人都愁眉苦脸。现在脱贫过上好日子了，每家每户，每个人都洋溢着幸福的笑脸，习主席看望过的那些老大爹老大妈更年轻了。以前是要我脱贫，现在是我要脱贫，以前是要我富，现在是我要富，这是精神面貌发生了变化。第三大变化是产业变化，我们有五大产业，还有很多企业都进驻了。

记者还问，现在脱贫了，你们知足了没有？我说，知足肯定不知足，脱贫不是我们的目的，我们的最终目标是致富奔小康。到了那一天，我们要实现五大目标：第一，鸟儿回来了。第二，鱼儿回来了。第三，虫儿回来了。第四，打工的人回来了。第五，外面客人进来了。这五大目标怎么解释？鸟儿回来，我们生态好鸟儿肯定回来。鱼儿回来，山清水秀，水没有污染，鱼儿就回来了。虫儿回来了，不打农药，不施化肥，绿色食品，虫儿就回来了。打工的人回来了，我们在外面打工的年轻人都回乡创业，回乡就业，打工的人回来了，就不在外面打工了。外面的人进来，我们做好全国各地都来十八洞参观学习，就是外面的客人进来了，就是这五大目标！记者说，你的目标太大了。我说，我们就是为了达到这个目标而生存，而奋斗的。

李老师，我拉拉杂杂讲了这么长，最后还归到一句话，虽然前面的路还很长，但是，经过的事不会随风而去！

说是老主任，其实他非常年轻，浓眉大眼高鼻梁，是个标准的帅哥。当他向我走来的时候，我简直不敢相信，这就是我要采访的老主任！

压力山大压不垮

故事讲述人：村民龙金彪

听这名字好像很生猛啊。

其实，他是个文质彬彬的年轻人。

他心里的一团火，你看不到。

李老师，我在浙江台州打工九年，是 2016 年年底回来的。我回来看到的第一变化，原来进村的小道没了，成了六米宽的柏油马路。一进村，家家的房子焕然一新，房前屋后都铺上了青石板路。干干净净，平平展展。我走的时候还是泥巴路，到处都有牛羊的粪便。

习主席来过了，家乡变样了。

我回来就再也不走了！

因为在外面待的时间长了，突然回来，跟村里人也陌生了，说话也扯不到一块儿了。自己一下子也不知道应当干点儿啥。在外面干惯了，还真闲不住。

那个时候，村里还在建设，我就跟着做些小工，补贴一下平时的生活费用。

不久，村委会传出了消息，要成立合作社，集中全村的地，把它更好地利用起来，造福村民。

十八洞村在大山的包围中，最缺的就是地。平均每人还不到一亩。这点儿地说起来本是村民的命根子，可因为种种原因，不少地还荒废了。有的是家里的年轻人出去打工了，留守的老人干不动；有的是地在高山上，上山下山，家里的耕牛都累倒了，索性就放弃了。这些荒废的地，看起来实在让人心疼。

所以，村委会决定，成立合作社把地都用起来，让村民从中得到收益。这是一件好事，也是一件不容易做好的事。谁来挑这个头？

一开始，村民们议论纷纷，说这可不是闹着玩儿的，搞好了皆大欢喜，搞不好赔个底儿掉。这是个很专业的活儿，村委会应该请专业的人来干。

可是，村委会决定，合作社的领导人不从外面请人，就在本村通过群众选举产生。而且，号召大家自我报名或者推选他人。

想不到，村民把我报上去了。

理由是我年轻、热情，在外面闯荡多年，见识不一般。

哎哟，我在外面不过是给人家打工，就为了挣钱，哪有什么见识？再说自己文化等方面都差得很远，怎么能轮上我呢？倒是合作社成立了，我一定积极配合工作。如果有任务交给我，我坚决完成。因为这是个民心工程。

所以，第一轮选举的名单上虽然有我，但我并没上心，继续在村里打工。

再次让我没想到的是，合作社成立那天，当场选举九名理事会成员，一公布选票，我的名字又上去了。

我吃了一惊。

可以说，当时就蒙了。

我一看，当选的其他理事，都是能干事的人。也好，我有了向大家学习的机会，好好跟着人家学。下午，要选举理事长了，大家都在推，这个说我干不好，那个也说干不好。当轮到我的时候，我也说我干不好。一个推一个。当时，扶贫工作队队长就发话了，说谁也不是天生的行家里手，理事长今天必须选出来。现在就开始投票。选上谁，谁就把这个担子挑起来！不光是你一个人挑，我们大家都要挑起来！

听队长这样一说，大家就沉默了。

然后，就记名投票。

投着，投着，把我给投上了！

啊？这简直跟做梦一样。

队长说，对，选上你了，你必须把担子挑起来！

我说，好，选上我了，我就挑起来，还请大家多帮忙！

说是这样说，第二天，我还没有醒过梦，还是穿上雨靴，穿上旧衣服，准备去工地干活儿。

这时，准备跟我谈话的县农业局领导，一下子把我堵住了，说你怎么还干这个事？你不能再干这个事了。成立合作社是十八洞村的一件大事，你从现在起就要进入情况，干你该干的事。

我抓着脑壳，局长，一下子把那么大个合作社弄起来，我确实发蒙。我该从哪儿入手呢？

局长说，成立合作社，首先要征集或者说是流转田地，要挨家挨户宣传，把我们的想法以及方针政策说出来，请村民大力支持，把自家的地交给合作社。我们研究过了，凡是愿意把地交给合作社的，每亩每年按六百元支付保底金。这个数额应该是可以的。合同要签十年，保底金按年支付。

哦，我一下子清醒了，知道自己该做什么了。

我想，入户宣传征地，口说无凭也无力，要有一两个决定参加合作社的例子，宣传起来人家才信。这个例子找谁呢？还能有谁？只能"杀熟"，从自己家开刀，说服我妈签合同入社，再去动员别人。

回到家，我就跟妈说了这个事。

她说，你当了理事长，我当然要支持你工作。这个地你们一亩打算给多少钱？

我说，一亩地每年给六百块。

她说，六百块？我自己种辣椒差不多也能收入五百多。

我说，妈，咱们家总共有六亩地，您都种了吗？

她摇摇头，你也不在家，我哪种得过来？有的地特别远，又不通路，没办法去种。我就种了眼前的这一亩。

我跟上话茬儿，妈，您看这收入就亏大了，六亩地只种了一亩，就算一亩种辣椒收入五百多块，可那五亩地就白白浪费了。再说了，您要自己种，种子要钱，农药要钱，化肥要钱，人工管护的花费都不算了。这五百多块挣得多辛苦！如果交给合作社，不用您下地干活儿，六亩地每年的保底收益就是三千六百块啊！妈，您算算账，差哪儿去了？

妈一听就不说话了。

就这样，我拿到了第一份入社合同。

有了这份合同，就好像有了通行证，接下来走村串户就很顺了，差不多走一户，就能说通一户，合作社就多一户。

当然也有说不通的，有的老人说这不是吃大锅饭吗？我们吃过了，吃到最后连锅都没了。你们又要走老路。有的中年人说，啊？合同一签十年，你们是种金子吗？到时候你们收成不好，给不起保底金怎么办？

我跟老人说，这跟大锅饭可不一样，这是有保底金呢，你签了合同就能拿到现钱，怕什么呢？

老人点点头，嗯，这是跟大锅饭不一样。行了，我参加。

我又跟中年人说，我们既然花钱拿到了地，肯定要把它种好，保底金要给得起，合作社还要有收益。退一万步说，万一我们没有经营好，资金链断了。那地还在呀，我们也拿不走，吃不了，地还是你的，把地还给你就行了，损失我们自己担。

中年人点点头，又说，如果我一块好田，你们拿过去种树，事先必须经过我的认可。

我说，好，我答应你！

事到如今，也只能答应了。

不能说是蒙人家，而是我们有信心，我们有底气。不干就不干，要干就干得最好，决不让村民吃亏。

中年人最后说，得了，算上我一份吧！

就这样，征集土地，旗开得胜，一下子征集了九百八十多亩。

地有了，接下来就是种什么？

既要种出保底金，合作社又要有收益。

种什么好呢？

压力山大！

种简单的农作物，玉米啦，谷子啦，肯定不行，一亩收不上多少钱。

有人说种果树吧，种好了的话，每亩地能收个一两万。

可是，桃三杏四梨五年，不管种什么果树，收获的日子都不短。间隔时间太长了，中间没有收入，就给不起人家保底金。

于是，我带人走访周边的村子，看看人家都种啥。一看，有种辣椒的，还有种稻子套养稻花鱼的。走到一个村子，看到了大片荷花，真开眼界。套养稻花鱼和荷花这两样，收入都不错。荷花有莲子，有藕，还有观赏价值。

我硬着头皮说，实在不行，我们回去先种这些，别让地闲着，最起码保证年底的收入，能付给人家保底金。

马上有人说，不行啊，收上来的地水田很少，这两样都需要水，特别是荷花。

我说，万事开头难，暂时没别的好项目，就先种这几样吧，种好了，都比普通庄稼收入高。水田不多，咱们量体裁衣，能种多少就种多少。

回家以后，又到地头做了实际考察，套养稻花鱼和荷花，差不多每个品种可以种一二十亩。种辣椒的地方可就多了，但是也不能种几百亩辣椒啊。种一部分地，留一部分地，再找出路。

理事会决定了，说干就干！

谁来干呢？这可不是小活儿。我们就发动村民来干。

我跟来干活儿的村民说，咱们合作社刚刚成立起来，手头儿很紧，暂时支付不了大家工钱，只能打白条，年底再付工钱。愿意干的就留下干，大家自愿啊！

结果，来干活儿的，没有一个回去的。

他们说，合作社不是一个人的，是全体村民的。合作社是为村民谋福利的，就是没有工钱，我们也干，别说还有工钱了。我们相信合作社，说给工钱早晚一定会给，哪怕过了年再给，我们也愿意。

这话让我差点儿掉了泪。

地里的活儿很快干起来了。

我对种荷花情有独钟，不但能有收入，还可以把村里打扮得漂漂亮亮的。根据现有的水田，我们种了二十亩荷花。这二十亩荷花不是连成一片的，因为水田本身就没相连。种下以后请内行人来看，他说，整体来说不错，有的地里的泥巴有点儿浅，怕荷花扎不下根，结的莲藕就不大，但是同样可以卖钱。

这话倒提醒了我，以后再种荷花，就要选泥巴深的水田。

荷花刚种下去，领导又向我们推荐了无患子树，又叫黄金菩提树，所结果子是一种值钱的中药材。同时，果肉还可以提取天然植物皂，可以加工成洗漱用品，市场价格不错。这都不说，像荷花一样，无患子树还有观赏价值，到秋季的时候，整个树金黄的，特别好看。

可是，我心里打起了鼓，这又是树啊，什么时候才能有收益啊？

领导看透了我的心思，说我给你们联系的，都是三年以上的树苗，今年种下今年就有收益。

听了这句话，我心花怒放。

可是，董事们谁也没见过无患子树，到底行不行？

我说，我也没见过，咱们上网查查吧。

上网一查，哎哟，正如领导介绍的，无患子树浑身是宝啊！

董事们一致说，种！

一声号令，树苗进村。货是从衡阳那边发过来的，果然是三年的树苗了，已经长了有三米高。

大家齐动手，挖坑的挖坑，浇水的浇水。

浇水是个大问题，因为我们选好的地，在山上，没有水。刚开始的时候用水泵从山下硬着头皮把水抽上去。后来，抽到一半就抽不上去了，山太高了，坡又陡。没办法，只有用人工挑了。把水抽差不多的高度，加上管子，然后用水桶装满水，一桶一桶地挑，一棵树一棵树地浇，浇了差不多半个月，大家累得四肢发软，皮塌嘴歪。

但是，每棵树都浇过来了。

一个多月后，树干起包了，疙里疙瘩的不好看。我以为生病了，心里很着急，就叫有经验的老者上去帮看看。

老人一看，说这不是病啊，这是活了！你看啊，这树干本来挺光滑的，它要开花发芽的时候，树干上就会鼓起一个个包，你现在看着不好看，好看的日子马上就来啦！

老人说的没错，无患子很快开花了。从竹子寨走到飞虫寨半路的时候，往对面山上一看，一片金黄！这神奇的树，树冠长得像球一样，一团一团的，平时是绿色的，好像童话里的树。到了秋天就变黄了。也就是说，一绿一黄，一年给你两次观赏的机会。它不像短期农作物昙花一现。比如，水稻收完了，地里就光秃秃的了；辣椒收完了，你在地里什么也看不见了。

但是，咱们的无患子就站在那里，随时随地都能看得到。

过往的村民们都说，你看，这是合作社的！

美丽的无患子树，当年就给我们带来了不小的收益。

领导看我们高兴得跳脚，就说，重要的还要往外多宣传呀，家有梧桐树，要引凤凰来！你们要通过对外的广泛宣传，让大家都知道，你们有地，就像有梧桐树，谁家有凤凰就往这儿飞吧！

领导的这一招果然有效，我们通过广泛宣传，很快就招来了一只大凤凰——

衡阳的一家生态科技开发有限公司，要来我们这儿种中草药白芨，开口就要种三百亩，一签合同就是三年。第一年的钱当时就给了。老总还说这一年要种得好，我们接着签！

可以说，人家纯粹是过来帮忙的。免费供苗给我们，还给我们提供免费技术指导，包种包回收。我们只要出地，出人工，出肥料就可以了。他们提供给我们的苗是驯化苗，有五至十厘米高了，拿过来就可以种。他们的老总说，苗在你们这儿种下来，适应一段时间回回神，就接着长了。长到三年成熟了，到时候我们连根一起挖走。

这笔大买卖一签，我心里别提多踏实了。

回头数数，还剩五六百亩地，还要把它种上东西，还要让它变成钱，还要让它给村民和合作社带来收益。

种什么呢？

压力山大！

但是，压力山大压不垮！

李老师，我坚信，前途是光明的，道路是曲折的。我们的合作社一定要办好，也一定能办好！

开满鲜花的十八洞小学

远离寨子，十八洞小学在一个小山坳里。

看那个不大的门楼，好像是一座小庙的庙门。

正是上课的时候，我犹豫半天，还是轻轻地敲响了"庙门"。想不到，还真有人把门打开了，一个漂亮姑娘。我说我是来采访的，她向我示意，快下课了，再等等。

学校不大，花池里开满了鲜花，红的，黄的，白的，表现了学校主人对生活充满了爱。校舍是一排小平房，有五六间的样子。

我听见从第二间的教室里传出琅琅的读书声，不由得好奇，悄悄移步向前，但见房门是半开的，满足了我偷窥的愿望。带领读书的是个年轻的男老师，个子不高，大眼睛。

我这一偷窥，大吃一惊！

从讲台往后，一共排了三排学生，大一点儿的正站起来读课文，中不溜的学生正低头写着什么。而靠门的这一行，那就乱了，完全是幼儿园，你揪我，我拽你，你做鬼脸，我掐你鼻子，朗读课文的同学和低头写着什么的同学，都跟他们没关系，或者说这个课堂就跟他们没关系。我正吃惊，有个男孩子突然叫起来，老师，我要拉屁屁！老师只好放下领读，说大家接着读，我先带他去厕所，回来再领读！说着走下讲台，把小男孩拉出门去，走向厕所，看样子那孩子只有三岁。完全应该是在幼儿园的。

下课了，孩子们一窝蜂地跑出去了，在操场上追跑打闹，还有人翻跟头。

带孩子上课的男教师叫蒲力涛，今年不满三十岁，正是青春年少的好时光。

他把我带到平房第二间的教师备课办公室，一屋子里面堆的全是课本和各种资料，简直没地方下脚。

在一张小课桌前，我俩对面坐下，他说，李老师，您都看到了，我一个人在一节课里同时教三个年级。一、二年级和学前班。上三年级的同学就转校了。我们这里算是农村的一个教学点儿。每节课，我安排一年级的先温习昨天的课文，二年级的跟我学习新课文。学前班的孩子们先去闹去，闹够了，回过头来再教他们。我精心计算时间，一节课每个年级二十分钟，这样就到一个小时了。超过了教学要求的四十五分钟。但是，实在不能再压缩了，如果再压缩，每个年级只有十来分钟，还能教什么呢？什么也教不了。

李老师，我每天不光要教三个年级的二十多个学生，还要为他们准备中午饭，按规定三菜一汤，菜是教育局配好的。放在十多公里的地方，要自己开着摩托车去取。

你想想，我一边教课，一边还要想着中午给孩子们做什么吃？不能和昨天的重样。一个人的心到底能分几瓣儿？教学质量又怎么保证？一半脑子在课堂一半飞到了小厨房。

我现在最美好的愿望是再能来两个老师！

最好是会唱歌跳舞的。按照国家的教学标准。要教十几个科目，语文、数学、音乐、美术、体育、思品、科学，一个年级最少也要有七门课。孩子们需要全面发展，音体美缺一不可。可是，我唱歌画画什么也不精通。曾经有长沙一家单位给我们捐赠两台钢琴，千辛万苦地运过来，一看，连摆放的地方都没有，而且也没人会弹，于是，又千辛万苦地运回去了。现在，我不瞒您说，有些课程我都是不开的，实在开不过来。现在开的课程是语文、数学、美术、音乐，还有就是体育，只开了这五门课程，其他的我都开不起，我没办法。美术、音乐基本上是纯瞎凑合。

李老师，我是长沙师范学院毕业的，专长是数学，毕业后响应号召来支边。一起来的还有两个人，没过几天，他们就走了。原因：一个是太落后了，学生基础太低，教学任务太重，再一个是工资太低。每个月只发四千块，由县教育局发，我们的人事归他们管，也就是说算他们的公务员。说实话，当时我也想走；没有想到十八洞小学是这个样子的，我每天不光要教三个年级的二十多个学生，还要为他们准备中午饭，这是我没想到的事。

所以，当时我也想走了，可是看看眼前活蹦乱跳的二十多个学生，我想，我走了他们怎么办呢？想来想去，就这样留下了。并且学会了一堂课备三个年级的课。三个年级同堂上课。

但是我觉得对不起这些学生，也许他们将来会有一个大画家产生，或者是一个大音乐家产生，大舞蹈家产生。可是，由于我既不会教也开不了这么多课，耽误了他们，每每想起来，我晚上都睡不好觉。我为了集中精力，把孩子们教好，就把我爱人叫来为大家做中午饭，白陪的。没有报酬纯属帮忙。我爱人也看我实在太累了，她主动愿意过来帮忙。就是刚才为你开门的那个姑娘。有了她的帮忙，我卸掉了一个重担！全身心地投入到教学中。一个学校夫妻俩，二十个孩子有了家。她心灵手巧，每天做饭都不重样，还自己设计出每周的食谱，贴在墙上让大家看，孩子们可爱吃她做的饭呢。想想我当初做的叫什么饭呢？跟猪食差不多。主要也是没心思。

我把全身心都扑到教学上，但是，村民们似乎对教育并不感兴趣，他们把这里当成了托儿所、托管站。他们要外出打工了，就把孩子往我这儿一放。也有的在外面打工站住了脚，把孩子接走了。但我这里始终是二十几个孩子，有走的，又有送来的。天下雪了，家长就不让孩子来了。我把路上的雪扫干净，到家里一个一个去接。

有一次，一个妈妈带着她四岁的孩子来上学前班，孩子说什么也不肯进来，他妈妈扯着他的衣领愣把他拽进来。开始，我不愿意收，我说太小了，自理能力也不行，我管不赢，至少要自己会吃饭，会上厕所。他妈说，他会吃饭，会上厕所，老师你还是帮一下忙。我在地摊上卖东西，孩子老是哭。我看着他妈妈眼巴巴的，没有办法，只好收下了。开始，我让他进教室他不肯，硬拉硬扯他也不进。就是哭，要他妈妈。我给他说，你不要哭了，你要你妈妈可以，你先听我的话，听我的话就马上能见到你妈妈。我慢慢跟他讲，就把他哄进教室，然后我叫其他的小朋友和他玩。虽然他和其他小朋友还没有接触过，但孩子们毕竟是孩子，不久就混熟了，他哭了三个星期，慢慢地融入集体了。几乎每一个学前班的小孩都有这样一个让人费心的过程。但是，我坚持下来了。只是苦了那些一、二年级的学生，被他们搅和得上不好课。学龄前儿童很难教，比如1—10的认识和书写，基本的拼音认识和书写。他们学不会就闹，我叫他们别闹，他们还是要闹，有的时候闹得整个教室都没法儿进行教学了。

所以，李老师我现在美好的愿望是再能来两个老师。

我相信我这个愿望一定能实现。

因为十八洞村的名声越来越大了。

一定会有愿意投身教育的年轻人，自愿或应邀来到十八洞村！

我说，小蒲，祝愿你美好的愿望早日实现！

临分手的时候，我发现小课桌上用心叠着一个文件。我问小蒲，这是什么呀？他说这是我对教学的一点儿认识，我写了想送上去给相关的领导，也不知道领导会不会看。我说让我先看看行吗？他说你看吧，这里面都是我的心声，也是我的呼吁，尽管很微弱，但它却来自一个农村教育战线上的年轻人——

小蒲写的这份材料不长，但充满了一个年轻人对教育事业的忠诚与热爱，字里行间透出青春热血的沸腾，让我把它全文引入，也许和本文有点儿不搭界，但其中的思想和生动的语言，是我不能代替他表述的，我也希望我的转发能让哪位相关领导看到了，引起思考或采纳——

试谈如何提高农村教学点的教学质量

我在农村教学点工作也有些年头，总是感觉教学点的教学任务太重，师资力量薄弱，教学条件差，学生的成绩提不上来等。近些年我一直在思考该如何解决这个问题，如何能帮助全国14万所农村教学点走出以往的模式？如何改变山区教学点的现状呢？结合自身的教学经历和对相关教学点的详细调查发现，教学点所面临的处境令人深感忧虑。

一、存在的问题

（一）生源逐渐减少，师资力量不强。山区农村由于地广人疏，本来人口就少的村庄，由于计划生育国策效益的显现，适龄儿童自然减少，加之外出打工带走的带走，还有一部分又转到了条件相对较好的周边中心学校或城区学校。留下的学生只有一二十名，有的只有几个人，但却有三四个年级。从师生比来看，村小的教师数量富余，但师资却比较薄弱。一个教师三五个学生的现象普遍存在，更关键的是由于村小教学点人数少，学科教师无法配套，根本不存在体育、美术、音乐专职教师。

（二）课程开设不全，教师人心不稳，教研教改气氛不足。由于村小教学点规模小、生源少，师生比出现教师数量富余，却又因为年级多，教师课头多，除了语文、数学外，其他课程基本没有正常开课。在教学点工作的部分教师工作没有激情，得过且过。造成教学点教学质量低，家长意见大，学生外流现象严重。目前，教学点的教师基本是包班的，有些还是上复式班的，并且还要承办学生的营养餐工作。这些教师只能靠晚上、周末或节假日备课、编写教案，提前准备好第二天做的菜。他们没有时间去听课、交流，更没有时间外出参观、学习、培训，甚至没有精力去研究教学，只是独自作战，凭自己的教学经验去教，教师教学水平的提高受到很大限制。

（三）考评机制很不健全。缺乏客观、科学、全面、公正的考核机制，在一定程度上影响和挫伤了教学点教师的积极性。教育主管部门在考核教育教学质量时，没有建立适合促进村小教学点复式班教学发展的考评机制。如：复式班相对直接教学时间少，教学任务重，如何区别与单班教学评估。由此导致多数教学点教师工作积极性不足。

（四）学校管理相对松散。村小教学点相对中心学校人数少、规模小，在学校管理上，教育行政和中心学校也由于种种原因而"抓大放小"导致疏于村小教学点的教学管理，出现管理上的缺位。当然，村小教学点也由于学生少、教师少（仅有1—2名教师）缺乏教育氛围，村小教学点自身教育管理和课堂教学实施都比较松懈。这些都影响了村小教学点学生整体学习习惯的培养和素质的提高。

（五）办学条件简陋，基本设施设备陈旧。尽管前些年教学点的校园环境、硬件设施也有所提升，但管理水平落后，教育质量不足的问题就更加凸显。虽然目前所有村小教学点都配备了电脑等硬件设备，但由于缺乏相关培训等原因，最终都束之高阁，加上设备质量问题和损耗，设备得不到及时维护，教师常常只好"望机兴叹"，学校除了一点教科书外，其他教学资源也极其少有了。

（六）学校经费不足，举步维艰。新一轮的教育机构改革后，尽管实行经费预算到校，但由于学校规模小，可用经费总量不足，大量的维修资金支出和必要的开支费用使学校经费捉襟见肘，举步维艰。

二、深入分析原因

冰冻三尺，非一日之寒。教学质量下滑趋势的形成，也非一朝一夕的结果。探究其形成的原因，我认为有以下几个主要方面：

（一）政府对教育的投入不够。尤其是对一些规模较小，较为偏远地区的学校重视不够，历来政府以及各主管部门在资源配置与资金投入方面，对薄弱学校是失之偏颇的，导致学校在发展过程中积贫积弱。

（二）制度不够完善。近几年来，随着人事制度的改革和教师聘任制的推行，从某种程度上看，教学点成了协调上岗教师的"薄弱战场"，导致了现在教学点师资力量整体滑坡。

（三）留守儿童问题。目前，农村大部分学生家长常年外出打工，把孩子托付给爷爷、奶奶或亲戚朋友。这些孩子缺少父母的严格督促，造成一些不良的生活、学习习惯的形成，如有的上网打游戏，有的逃学旷课等，这对提高教学质量无疑会产生很大的影响。

（四）优秀学生的外流。由于当今家长对优质教育的需求越来越高，加之农村学校与城镇小学客观上相比有明显的差距，再加上民办学校的兴起，这都造成了一大批优秀学生的外流。另外，一部分优生随父母到外地就读。如此下去，农村学校将因为失去许多优生而影响质量的提高，而教育质量不提高又招不到优秀学生，陷入了恶性循环，差距越拉越大。

（五）家庭教育的配合不够。如今，随着社会经济的发展，农村许多家长赚钱的脚步走得更快了，却无暇顾及孩子们的成长，他们认为把孩子交给学校教育就放心了。孩子要钱给钱，需要什么就买什么，他们对孩子缺少督促，而孩子们的自觉性往往较差，这样就造成孩子懒散习气的形成。有的家长对孩子教育也缺少耐心，动辄打骂，更谈不上什么激励了。因此说，家庭教育的缺失，这已成为我们农村学校提高教育质量的绊脚石。

（六）学前教育独立体系缺失。村小教学点由于附设学前班，这给本身就是复式教学的教学点带来了更大的困难，要确保其他年级实施教学，教师必须先做好"学前幼儿"的"稳定"工作，直接用于实施教学的有效时间更少。

（七）教师的整体素质亟待提高。部分教师职业道德下滑，敬业思想缺乏。部分教师的专业素质不够，创新意识、质量意识不强。学校规模小，必然导致教师工作负担重，不利于教师的自主发展，形成学校发展过程中的恶性循环。

三、找出对策

现行的薄弱学校之所以存在，它有自身存在的理由与现实因素，并且它不可能因其薄弱就马上撤并与消失，还会存在一定的时期。每一个孩子都是祖国的花朵，每一所学校都是培养人才的摇篮。如何寻求破解薄弱学校困境的对策，是我们每个教育人应深思的一个问题。

（一）强化意识，抢抓机遇，力争尽快改变薄弱学校办学条件。

政府应强化教育均衡发展的意识，把改变薄弱学校的现状作为教育强镇工作的重点，在今后的资源配置与资金投入上朝薄弱学校倾斜，大力扶持薄弱学校的发展。在新一轮学校发展的大好机遇中，应主动争取各级政府的高度重视，利用标准化学校建设和教育创强的大好时机，改善薄弱学校的办学条件。

（二）加强师资力量，提高教师素质。

提高教学点教学质量的关键在于教师的素质。要提高各教学点的教学质量，一方面要逐步足额配备教师，另一方面也要逐年引进优秀教师到教学点工作。要吸引优秀教师到教学点任教，本人认为可尝试以下方法：1.办公经费向教学点倾斜。2.绩效工资向教学点教师倾斜。

3.评优评先向教学点教师倾斜。4.尽可能解决教学点的交通问题，便于教师出入。5.各级部门加大对教学点教师的关心力度，设身处地为教学点的教师着想，帮他们解决工作上、生活中的实际困难。6.加大对教学点教师典型事迹的宣传报道力度，充分肯定他们的成绩，鼓励更多优秀教师到教学点任教。

（三）搭建平台，积极教研，促进村小教学点教师专业发展。

村小教学点复式班教学需要品行高洁、德艺双馨的教师。教师的专业发展不是与生俱来的，随着知识信息时代的到来，教师也需要不断学习，不断成长。要切实提高村小教学点教师的业务素质，一是充分发挥中心校复式教研组的作用，以学片教研组为单位，经常开展复式班教学研究活动，不断改进复式教学方法。二是加强村小学教学点复式教学教师专业培训。教育行政和学校领导应该想方设法为农村教师搭建各种各样的专业发展舞台，挤出一部分经费，让教师走出去开阔眼界，把专家请进来开展校本培训，帮助教师不断地自我充电，自我更新，自我发展，自我完善，扶着拉着推着他们一步一步走向成功。使这些教师始终保持旺盛的朝气和蓬勃的生机。

（四）完善教学点的基础设施，优化教学点的育人环境。

要加快完善各教学点的基础设施。如疏通并逐年硬化通往教学点的道路，硬化教学点校园，建好教学点的厕所，解决教师的办公室、住房等，解决师生的用水、用电问题。另外，必须增加、更新教学设备，使教学点的教学设备能跟上时代发展的步伐，能符合教育教学发展之需要。在大力提倡教育公平的今天，目前的基础设施显得很不和谐。在这样的育人环境中，怎能激发学生的求知欲，怎能催人奋进呢？教学点作为小学学校的组成部分，应加快其校园的"五化"（硬化、绿化、净化、美化、文化）建设的步伐，使教学点的校容校貌发生翻天覆地的变化：校园整洁、亮丽，风景优美，育人氛围浓郁，让师生有舒适感，并流连其中，使教师乐意到教学点工作，学生喜欢自己的学校，不再外流。

（五）探索行之有效的管理模式，加强对教学点的日常管理。

事实证明，管理出成绩，哪个学校管理得好，哪个学校的教学质量就提高得快。所以，应规范教学点的管理，要重视教学常规管理，加强课堂教学管理。目前，虽然不少校长也注意对教学点的管理，但总的来说，管理还不是很到位，还不是很规范。有些教学点甚至处于无管理或无效管理状态。我觉得对教学点进行有效管理可从以下几个方面着手：1.每个教学点均安排一个蹲点领导具体分管该教学点的工作，教学点负责人直接对分管领导负责，分管领导对校长负责。2.教学点逐步健全档案，完善制度，规章制度在教学点要上墙，且严格执行。3.校长、教导主任要不定时到教学点听课、评课及检查教案、作业、试卷的批改等。积极派完小优秀教师到教学点送课，提高教学点教师的教学科研水平。4.举办教学点负责人培训班，提高负责人的管理能力及业务水平。5.中心小学领导或管理人员要经常深入教学点关心、指导教学工作。把先进的教育教学理念、科学的教学方法送到教学点。6.形成对教学点教学常规检查监督的长效机制，促使教学点教师认真做好教学每一环节的工作。7.从完小选拔骨干教师到教学点进行教学"结对子"扶持。通过帮扶活动，实现小学教学质量的整体提高。

一花独放不是春，万紫千红春满园。在"教育强国"的今天，我们应该更多地关注那些在艰难中发展的教学点，让每一所学校都获得较好的发展，让每一个孩子都获得良好的教育。

万事开头难

初到十八洞村，两眼一抹黑，村委会提前给了我一个采访人员名单，我正对着名单发怵，这时，在外面出差的村主任隆吉龙打电话给我，说你跟村支书龙书伍联系，请他安排被采访的人。这以后我就跟龙书伍在电话里死缠烂打，因为要被采访的人都不是闲人，锣齐鼓不齐，很难约好。想不到龙书伍是个超有耐心的人，今天约不好就明天，明天约不好就后天，白天不行就晚上。总之，他把名单上的人一个个都为我约齐了，而且每次采访完后，他都会来电话问怎么样？这个行不行？不行咱们换个人。我真不知道怎么感谢他。约来约去，名单上的人都没了，只剩下他了。我说龙书记，咱们俩也约个呗。他说，我不让他们写进名单里，他们非要写。咱俩约可以啊，可是我会让你失望，因为我经历的事多，故事少。

我终于见到他了，朴实、憨厚、衣着朴素，一转眼，挤进村民中就很难找到他。

李老师，我是本村的人，我家里有两兄弟，我是老大。

我们苗族这边的习俗兄弟大了就要分家。我要分家出去，把老房子留给弟弟。当时，自己也没有，二十五岁的时候就净身出门，以后要自己起房子，我父母帮了很大的忙，把房子盖了一个框架。可以说父母什么也没有，为我盖房子，花净了老底儿。

　　房子框架搞起来以后，我就靠打短工一点点儿挣钱，一点点儿装修，搞到最后，我穷成什么地步了？买包烟都有困难，最便宜的一毛七的，我都要跟小店赊账。当时，像我这样的贫困状况，也基本代表大部分村民的一个现状。

　　后来，我当了村干部，我们对以前的十八洞村的状况，总结了一下，在习主席来之前，十八洞村的现状是什么样子？是"五鬼"守家——

　　"五鬼"是什么鬼？赌鬼、懒鬼、酒鬼、大鬼、小鬼。前三个鬼好理解，大鬼就是老人，小鬼就是小孩。村里的年轻人，不懒、不赌、不喝酒的，基本上全到外面打工去了，只有老人和孩子留守在家里。在村里看不到人。

　　还有一个，我们总结出以前十八洞的领导包括村民："四大皆空"——

　　脑袋是空的，没有思想。钱袋子是空的，家庭是空的，我们的大龄青年逐年增加，他口袋里没钱，谁还愿意跑来给他当媳妇。最后，村集体经济是空的，是零。习主席来之前，我们村的状况，就是这个样子。可以说越走越破败，空对了好山好水。

　　我自己也同样，把房子起好了以后，稍微能够遮风挡雨了，我就出去打工了。因为当时劳动力市场不容易找工作，我出去转了一段时间，又回来，想不到，一回来，1998年年底，村民就选我当了村委会的干部，当时我才二十九岁。我一直在想，为什么老百姓把我选上了呢？那就是给我担上担子，为他们解决困难。

　　当时，村里最困难的就是没有路，出村有两条路，一条是人走的，一条是猪牛羊走的。因为猪牛羊是放养的，它们就自己踩出一条泥巴路，这条路上，全是牛粪猪粪，加上它们撒尿，就成了泥巴路，人根本不可能走。在这条泥巴路下面有一个坎儿，算是一条人能走的路，我们在这条路上，隔不远就铺了一块又一块石板，人们在上面跳着走，天晴的时候还可以，一下雨就糟糕了，牛粪猪粪，全都被雨水冲下来，人下不去脚。为什么说是跳着走呢？因为青石板之间，是有距离的，这些距离，有的长些，有的短些，所以说在这个青石板路上走，只能是跳着走。可以说当时的生存环境实在是太恶劣了。难怪没有姑娘愿意嫁进村子来。

修一条路，进村出村，这是当时老百姓最大的愿望！

也是我们村委会面临的头等大事！只有把路修通，我们的生产生活才能彻底改变。

在那个年月，想要修路哪有那么容易呀！

不像现在，全部机械化。

那时，我们什么都没有，只有手里的一把锄头！

我举起手里的锄头，喊了一声开干！

万事开头难啊！

在我和村干部的的带领下，全体村民齐上阵，大家为了一个共同的目标，没人叫苦叫累。一锄头、一锄头把路挖出来，想不到，才挖了五公里，突然出现了塌方，眼看着挖好的路全被掩埋了。我们心里又难过又着急。但是也没办法，一方面清理塌方另一方面防止再塌方，还是老天可怜我们，后来再没有遇到塌方了。当时，县交通局能给我们唯一的支持就是提供炸药，遇到石头太大太硬的，挖不动就用炸药炸，我们就是这样，风里雨里，一锄头、一锄头地往前推进。

这中间还有个小插曲，有个老百姓看到挖到他家那片山的时候，他每天都要来看一下。我问他你来看什么？他跟我说，这里有一个树墩，我要用来烧柴火，你要跟施工的人说不要把它挖出来扔了，只要用土一埋，我就找不到了，到时候，找不到就要找你！我说可以，这个东西我会跟施工队说，你们需要的东西我会尽量保存好的。他就回去了，第二天又来了，我刚好在那里。他一看，那个树墩不见了，就跟我叫起来，树墩在哪里？昨天你答应了。我跟他说，你这个树墩我让施工队保护好了，你看就放在那边儿呢。我给他指一下，我说施工队挖出来以后给你保管好了，他还是很认真地去看了看，果然就是他的树墩。他跟我说，既然你这样说话算数，那后天我再也不来了，从那以后他再也不来了。

事情虽然不大，但是这是一个细节，老百姓最注重细节，细节也决定成败，决定人心。老百姓有时候想不通我们也可以理解，在我们工作过程中也要特别注意一些细节，细节做不好的话可能整个工作就会很难推进。细节这东西，老百姓可能会比较在意。我跟你说这个事你放不放在心里，他可能在意这一点，像我刚才说的这个，他不是在意树墩，我们这里漫山遍野都是树，他怎么会在意那一个？

当时，为了推进的速度，我把任务分到各家各户，分片包干。分到你家你必须完成你这一段，不能拖后腿，你拖后腿的话，整个这条线就拉不通了。当然，我们干部，也同样分段完成任务。让我感动的是，不管是下雨天、下雪天和结冰的时候，都还有村民全家老小顶风冒雪地干，谁也不愿意落后，谁也不愿因为自己这一段拖了大家的后腿。

日出而作，日落而息，寒来暑往，一锄头又一锄头，修路从不停歇！

要说万事开头难，再难的事，只要把村民发动起来就不难了。

2001 年，我们终于把路修通了！

整整的三年啊！

全靠一锄头一锄头地挖！

路修通了。我连抽烟都抽不起了，到最后抽烟是自己卷的，到集市上买的烟草，再搞点儿纸这么一卷，就吧嗒吧嗒抽上了。家里穷得一两个月吃不上一餐肉。

这时候。村委会换届，我放单了。我又出去打工了，起码要弄个温饱，现在想起来，胆子真大，为了挣钱，到了越南，还到了阿联酋的迪拜，在当地的矿山里干活儿。后来又回到浙江。在浙江期间，习主席来到了我们十八洞村，当时《新闻联播》还没播，我手机里有个朋友圈，有人说习主席来了，我还不信，觉得谁造了这么大个谣！后来，11 月 5 号，《新闻联播》上播出了！一看到这个大喜的消息，我就想，这是十八洞迎来的千载难逢的发展机会。那个晚上，我一夜睡不着，一直在想。十八洞迎来一个好机会。但是要有人去做啊，如果年轻人都出去了，只有"五鬼"当家，要发展也很困难。

虽然自己在外面打工，收入还算可以，但我觉得这不是长远之计，我至少在外面看到了很多东西，也学到了一些经验。我这些经验能不能够用到我们村的发展，为村的发展尽一份力？当时，也没有想得太高大，就是很简单地想选择回村干点儿什么。

当时我选择回村，我老婆是坚决反对，她说你回村干吗？就种那一两亩地？你种那个能有多少收入？老婆的话没有动摇我，《新闻联播》第二天，我就辞工了。当时公司里不肯放我走，我说我必须回去。老板才说既然你一定要回去，公司就同意你辞工。我在元旦就回来了。我回来了，老婆不回来，她说我不回去，我回去在村里实在没办法生存下去。

当然，我回来了，她一个人也待不住，春节也就回来了。

我回来以后，刚好赶上村里换届，在换届选举中，我进了党支部，当上了支委，后来，又当了村会计。从那以后。一直到现在，我都在村委会工作。

我想，你不管当多大的官儿，都要让老百姓过上好日子挣上钱，这才能让老百姓欢迎。

后来，设施建设上马了，水电进村了，青石板路铺到每家门口，卫浴彻底改造了，老百姓的生活一步步变好。下面就要搞产业了，搞一个什么样的产业能让老百姓先把钱挣上？我们到外面考察，最后确定了搞野生猕猴桃产业。现在消费者都追求原生态的、纯原始的食品，应该说这是一个很好的选择，但是，我们村没有那么大的地方，就借别的村的地来种，两家签了合同，利益大家共同分配。回来跟老百姓一说，老百姓不同意。说我们山上有很多野生猕猴桃，只要去摘就可以。卖钱都卖不出去，你还要花那么多钱搞这个产业？前些年，我们花垣县这边儿也搞过猕猴桃产业，但是最终都失败了，都转产了。

当时，第一次开会的时候我记得很清楚，我们是找第一组的老百姓开会，第一组的老百姓有五十六户，来了三十八户，其他的不来，不愿意开这个会。我们开不到一半的时候只有十一户人还在那里想听一下，后面最终这个会也开不成了。他们一听还要投资买树苗，到别的村里去种，成熟了以后跟人家分红，这可能吗？

这又是万事开头难啊！

这时候，我就想到必须我出手了！

我带头把打工挣的钱全部投入进去，做了买树苗的股份，老婆拉着我说，如果投资失败了，咱们吃什么呀？我说只要有共产党在，咱们就饿不死！

从我开始，干部们纷纷行动起来，自己先投入，从干部做起，然后干部带动自己的亲戚入股，还有就是党员入股，党员又带动自己的一些亲戚入股。就这样，种植猕猴桃的事业终于成功了！

当大把大把分红的钱来到的时候，我们故意摆了个桌子，把钱一摞一摞地摆在桌子上，让入股的人来分钱，老百姓一看眼就红了，这才相信我们干的是一件为老百姓造福的事。于是纷纷要求入股。

现在每年猕猴桃的分红都是村里的一件大事，像过年一样张灯结彩，村民们把分到的一摞一摞的钱抱在怀里，个个笑成了大菊花。

我总结：不怕万事开头难，只要自己带头干！

我 2014 年当村会计，到 2017 年当支书。我们一届是三年，当支书两年多了。

你在村里做的事必须要具体，不是喊口号，喊口号老百姓不喜欢听。

每一项工程我们都参与到里头，都有难度，不是说一帆风顺，说一帆风顺的话这些东西不是很现实，当然后期会做得好一点儿，一开始的话不见得每个人都会支持你，关系到他切身的利益的话，他就考虑他自己了。

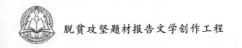

双喜临门

杨在康又娶媳妇，又盖了全村最大的农家乐，真是双喜临门哪！

李老师，我们就从我小的时候讲起吧！以前我们小的时候也没读过多少书，十八九岁就上班，是在县城一个工厂上班。厂里效益也不好，就辞职了，去辽宁沈阳那边打工。后来又到北京，在市建一分公司搞建工，帮人家装线、装管。几年后又到浙江宁波那边打工。

咱们再说说找媳妇儿。找媳妇儿的时候不通路，认识的女孩子又嫌弃我们这边偏僻，赶集要到麻栗场，要到排碧，走路要一两个小时，这还是走得快的。下雨天出去，你到国道线，裤子都要挽一半，要不都是泥巴，鞋子也是泥巴。你看这裤子，搞得都是泥巴。所以把年龄耽误了，四十二岁我才结婚，年纪大了。现在我有两个小孩儿，一男一女，小的孩子才两岁多，大的三岁多。

我原来在浙江那边打工，2016年5月才回来开了个农家乐。总书记是2013年来的，我们看过新闻，也知道。我打工一个月有六七千块钱，但宁波也是大城市，是浙江第二大城市，消费也高，这里花，那里花，一年到头也剩不了多少钱。

我回来开农家乐借了五万小额贷款，没有利息，属于扶贫款，政府帮付利息。

以前也存点儿钱，自己搞农家乐，两三年也赚了十多万。我建房子总共花了有二十七八万。

李老师呀，真的是不容易，又要养家，又要搞建设，你不搞建设客人来了就不好招待，因为我们都是接团队餐，如果下雨了你打个伞客人也不好坐住，也会漏水，人家也吃不好饭，所以我就把几个长廊扩建一下好接待客人。现在我不用打伞一次性可以接待两百多客人同时吃饭。如果天气好，院子一起开了可以接待三百多人，我上个星期就接了三百八十多个人同时吃饭。他们到十八洞来学习，培训精准扶贫。

习总书记来了，他们跟着总书记的脚步走，来看我们精准扶贫搞得怎么样。

人多的时候都得请隔壁邻居，他们不会炒菜，但是会帮忙拌菜、洗菜、上菜，打扫卫生。

李老师，我也有担心的事情，不知道我们这边客流量以后还有没有这么旺盛，做生意都是担心这个，会不会断了客流，没人过来。现在我们做菜也是尽量提高质量，尽量饭量充足，看客人喜欢吃什么，我们尽量多炒一点儿，搞好一点儿，让客人满意了，他下次来又会到你家里边吃。现在农家乐多了竞争也激烈了，没有回头客你这个门就开不下去了。

经常接待三四百人自然也有压力，你让人家得够吃，客人十二点来，你十二点就要让人家有饭吃，不能让几百个等你。所以压力也大了，要好、要准时，误了一两次人家就发脾气，下次就不来了，这么点儿人你都招待不好，下次怎么发团到你这里来。

感谢政府帮我们搞这个项目，我们这里的石板路、房子外面装修都是政府搞的，路扩宽也是政府搞的，基础设施都是政府搞。我们开农家乐主要是添置的桌椅、碗筷。现在我把屋子再装修一下，上面再堆一点儿板子就好看了。

我是2016年冬天结的婚，对象是人家介绍的。因为年龄大了结婚不容易，成个家，也是缘分。感谢总书记，他如果不来我还继续在外面打工，也不会回来结婚，年龄一年比一年大了说实话还结什么婚。如果不成家哪会起这些房子，家里也不会搞好。

总书记不到这里来我们也不会开农家乐，也挣不到钱，肯定还要在外面打工。打工你就不能回来，也成不了家，因为打工人家看不起你，好多人都打工，又不是我一个，打工就是年轻的，大一点点年龄的就不好找合适的对象。年轻的打工没事，有同龄的还可以。年纪大人家就嫌弃你，小一点儿年龄的又不般配，所以很难找对象。如果你老了，又没钱，说实话根本没人嫁你。

现在好了，生活水平可以了，我们不要求大富大贵，能够在家里一个月挣六七千块钱，养家糊口就可以了。我是农村人容易满足，不是需要几十万、上百万存到家里，不愁吃不愁穿，够用、吃饱就行了。

我们过去在家种地，那时候生活很艰苦，基本上没有什么经济来源。我们这里交通也不方便，好多姑娘不愿意嫁到这里来，因为你没通车。我们这里1998年才规划修路，那个时候还没有叫十八洞村，叫竹子寨。这边叫梨子寨，我们和竹子村是一个行政村，两个自然寨。

我们是2005年合并，改名叫十八洞村，叫着顺口，听起来也很美。

李老师呀，以前我们这边的人收完谷子又要爬火车。到长沙那边，帮人家收谷子，收个十来天，一天给五十块、二三十块的工钱，在家闲着也是闲着，这边干完活儿了没什么事做，去了还可以赚一两百块钱回来。现在的工钱高了，人家也不要你人工了，有收割机了。

李老师，因为我没有读过什么书，头脑也比较简单，人直，不大会说话，想到什么说什么，句句是实话，我也不必夸张，夸张人家也不相信。

现在我们湖南老百姓都没有忘记总书记，整个中国都没有忘记。总书记好，得了民心，好多老百姓都喜欢他。如果没有那么多老百姓喜欢他，人家也不会跟着到我们这边来，我们这边风景很美，他们过来都是走红色路线。好多人也到这里学习，看这里怎么扶贫，怎么把家乡建设得美好。

去年我们搞农民合作社，土地都流转给了农民合作社，都入股了，统一管理，统一搞，地我也不种了，开农家乐都忙不过来，哪有时间种地。

我们还搞退耕还林，栽树，重新搞绿化。总书记说"绿水青山就是金山银山"啊！

李老师，我就跟您说这么多吧，我现在每天盼望的就是导游能来电话，能带几十上百人的团来，到我家的农家乐。

对联的故事

杨东在村里是受人尊敬的老人，个个见了他都叫他杨老师。他又是个非常热心的人，凡是有什么不懂的事找他，他都要跟你解释清楚，特别是村子是苗族人的村子，生活在这儿的都是苗族人，他们有些话有些问题我不明白，就去找杨老师，每次杨老师都笑呵呵地给我解释得一清二楚。

李老师，他们叫我杨老师也不为过，我有三十八年教龄，现在我已经是七十六岁，退休十六年了。你要让我讲教学的事儿，我都不知道该从哪一段跟你讲起，经历的事儿太多了，小学、中学我都教过。我教过的学生现在都长大成人了，他们来看我，我都把他们忘了。

我一直在排碧乡九年一贯制的小学教书，排碧乡下面有一个村叫十八洞村。

当初教书，可不容易了，村民不重视教育，每到开学的时候，我要一家一户地去喊孩子们来。整个乡十多个村的老师们就分配任务，你到你那个村去发动学生，他到他那个村去发动学生。

我们一家一户地去也不一定都能请得来，大部分请来了，还有一小部分来不了，经济困难的，重男轻女的，每年开学发动学生都是一件头疼的事。

我住在十八洞村这边儿，任务是比较重的，不来上学的孩子很多。那个时候，十八洞不叫十八洞，我所在的村子叫竹子寨，属于排碧乡最偏远、最偏僻的地方。我就是本地人，情况熟悉，家长也熟悉，每一年发动入学我都要跑到这边儿发动学生。

每个学期开学那几天，我都跑来跑去的，把人累得半死。开学通知发下去之后，就要靠我一家一户去找人了。跑十家，也许能喊三个学生来。

十八洞村是从什么时候叫起来的呢？当年，上面有个政策，一个寨子少于五百人就要合并。飞虫寨是四百九十多人，我们竹子寨是四百九十多人，两个村都少于五百人，必须要合并成一个村。合起来以后叫什么村名呢？两个村的干部都坐下来讨论，乡干部也有人来参加，来以后就说，飞虫寨那边就提议，我们就叫飞虫竹村吧。竹子寨的老干部不肯，说那不行，你们飞虫当先了，我们竹子当后了，那不好，不行。

竹子寨这边的老干部就说，叫竹飞村。竹子当先，飞虫当后，我们这边都同意了，飞虫寨不肯。

一个村名讨论来讨论去，整整两个多月了也定不下来。群众要办事，要盖公章，公章也没了，办事不方便。县里着急了，就派人下来，协调这个问题。说这个村名无论如何今天要定下来。县里来人说，我们出个主意吧，你们两个寨子对面的山叫高明山，十八洞就在高明山半山腰，飞虫寨在高明山后，竹子寨在高明山前。将来开发十八洞的旅游，你们两个村都有份儿，那个洞口小，里面空间很大，可以容纳小十万人。洞全长十八里，里边还有十八个岔洞，洞洞相连，开发起来可是个大项目，说不定进口在竹子寨，出口在飞虫寨，开发起来你们两个寨子都可以获利。我看你们也别争了，就叫十八洞村吧！两个寨子的人都表示同意，这时，有个老先生提出来说，这个洞原本叫夜郎十八洞，相传是多少年前夜郎打了败仗，带兵躲到此地，他一看洞这么大，就产生了夜郎自大的传说。县里的同志说，传说归传说，我们一不会打败仗，二也不会夜郎自大。再说夜郎十八洞村，这名字也太长了，刻起公章来也麻烦。人家一看，哦，原来你们就是夜郎自大，我们不要这个臭名声！就把夜郎去掉，直接叫十八洞村，多好多利索。两个寨子的人都拍手叫好，老干部们也说这个村名好，就是它了！后来又发展了梨子寨、当戎寨。四个大小寨子组成了十八洞村。

我后来搬到梨子寨住了，想不到这一搬，美了！

十八洞村的教学状况也不是一直很糟糕的，大概到了九〇年那个时候，也可以说是我们排碧学校最辉煌的时期，我们的教学质量比较好。那个时候，上面有一个政策，读完初中了以后，可以读中专，中专包分配。也就是说直接分配工作了。那时候谁家的孩子有了工作就捧上了金饭碗。所以各村的家长都把学生往排碧送，再也不用我们去请了。等于说进了排碧到时候就有了金饭碗。十八洞村，离排碧很近，可想而知送学生的踊跃状况，哪里还用我们去请啊。

但是，又带来了另一个困难。到了开学的时候，好多外乡的学生都想到排碧来，我们招架不住了，教师不够了。我印象最深的就是有一个学生，他要到排碧读书，把在州政府工作的舅舅拉来说情，当时我任校总支书记，我都没同意。现在想想真是得罪了不少人。

可是，你想想，班里超员那么严重，上课的时候光呼吸的声音就是好嘈杂的。人太多了！这样就会影响教学质量。

我严格把住了入学关，教学质量越来越高了。

我家在梨子寨，教书要跑到排碧，两头跑起来也是真够累的。但是我愿意。县里调我几次，我都没去，我离不开教育战线。

但是年岁不饶人。最终我还是退休了。到如今已退休十六年了。

那天下午，我坐到屋里，和平常一样，没有什么事就看电视。我最喜欢看电视了，看电视到下午四点多有点儿累了，我就出去活动。当我把门一打开的时候，突然看到习主席走过来，我老看电视，一看就认识，哎哟，习主席怎么会到我们这里来？是不是我看错了？我揉一下眼睛，再睁开一看，是习主席！他人高高大大，和电视里面的一样，是他，不错！我看见了他，他也看见了我，我站在大门那里，一动也不敢动。万万想不到，他特意走过来和我握手，太感动人了。他说，你是退休教师吗？我都蒙了，过了好几秒才说我是退休教师。他就说好，好，很好，又亲切地和我握手。握完手以后，我不知道怎么突然胆子大起来，说，总书记、总书记，我没想到，万万没想到您会到我们这个地方来！他说我一定会来的。和他握完手后，陪同他来的中央领导和省领导又来和我握手。我真的太感动了，太幸运了，太幸福了。潼南的领导跟我说，等会儿叫上你老伴儿一起去开个会，我跟老伴儿一说，她高兴得连衣服都没换就去了。老伴儿有几十年党龄了，被安排坐在了习主席旁边，等照出照片一看，哎呀，那真的比穿新衣服还好，一点儿也不假，要真换上花枝招展的苗绣服装，那拍出来反而像摆拍的照片了，假了，不真实了。

习主席在老百姓家的打谷场上开了一个重要的会议，首次提出"精准扶贫"伟大战略方针。我们围坐在他的身边，一个字也没有漏。会散了，当晚我怎么也睡不着，我就想，用什么方式表达我的心意作为永久纪念。想啊想啊，突然想起要写一副对联，当时就爬起来拿了纸笔，上联是：共产党领导福泽万代；下联是：习主席握手温暖人心。横批是：幸福人家。为什么写幸福人家，因为我和习主席握过手，我老伴儿也和习主席握过手，一家两个老人都跟习主席握过手，还有比这更幸福的人家吗？

第二天天不亮，我就把对联贴到了大门口。

从此这里就成了旅游者必到的地方。因为习主席跟全村很多村民都握了手，只有我用一副对联留下了当时的幸福场景。因为我的对联是用红纸写的，过了半年红纸就开始有点儿烂了。有一天，省里一个领导来看对联，精准扶贫工作队队长龙秀林陪同着，省领导说这副对联太有意义了，要把它换成木头的，把对联的内容刻进去，让它成为永久性的宣传品，让每一位到十八洞村的人都能看到。一个星期后，一副崭新的用木头做的对联挂到了我的门上，字是由著名书法家写的，这样，这副对联就成固定的了。

可以说，每天我接待无数的访问者，都要讲讲这个对联的故事。

我印象最深的一次，有韩国的游客到我家来，他们有四五个人，带了一个翻译，他们站在对联前久久地看着，突然，他们中间有一个人通过翻译对我说，他有一个问题想问我，可以吗？我说可以，可以，什么问题？他们说你写那个对联，共产党领导福泽万代，你认为能够福泽万代吗？我想了想说，我坚信！他问为什么你坚信呢？我说，我是从旧社会过来的人，当年闹土匪的时候，我就藏在这个贴着对联的门楼里，因为木板很厚，所以躲过一劫，到了新社会，我看得清清楚楚，没有共产党，就没有新中国，没有共产党的领导我们十八洞村也没有现在的繁荣幸福富强。你们看，公路一直通到村里，家家门前是青石板路，你们一拧自来水就流出来了，这在以前连想都不敢想。还有你们的手机畅通无阻，这在以前更是不敢想了，我坚信，在共产党的领导下，我们会越过越好，子孙万代幸福下去！我这样一回答，提问的韩国客人就笑了，他的笑容是发自真心的，给我的印象非常深。我说欢迎你们下次再来，那个时候十八洞开发出来了，大洞套小洞，洞洞相通，保证你们比这次玩得还开心！

火塘夜话

飞虫寨的龙文典老人已经九十多岁了，是我此次采访中年纪最大的长者。围坐在他家的火塘边，老人说，李老师，我要跟你讲的这些当年闹土匪的事，如果我再不讲，就没有人知道了，但是，我们今天跟着习主席过上了脱贫奔小康的日子，更不能忘记当年的兵荒马乱，不能忘记当年是共产党解放军把我们从刀光血影中解救出来，让我们如今过上了这样幸福美满的日子。

十八洞解放以前土匪比较多。梨子寨就有一个土匪头叫杨宝成，1946 年被镇压了。梨子寨有个姓杨的小伙子，原来答应跟他当土匪，他是这家两个老人唯一的儿子，刚刚娶了媳妇儿，他妈妈说当土匪搞不得，政府知道了，要镇压的，要倾家荡产。姓杨的小伙子被他妈妈一劝，又回心转意，不想去当土匪了，杨宝成一怒之下，就把这一家人全杀了。他说你先同意跟我去当土匪，现在又反悔了，反悔了以后肯定要到政府去告我，所以我先把你们全家都杀了。

杨宝成一口气杀了四个人，留了一个老婆婆，因为出去走亲戚，所以没有被杀。这家人多年来还是有些积蓄的，老婆婆就放出话来，说谁杀了杨宝成，要多少钱？给多少钱。要多少米？给多少米。要地也行！

话是放出去了，谁又敢杀杨宝成呢。

有另一伙土匪，动了这个念头，天天找杨宝成。但是杨宝成躲起来了。

这伙土匪的头子叫杨子伟，带着人住在补抽乡一带，那里有一个大溶洞。

他们平常躲在洞里，晚上出来祸害老百姓，烧杀抢掠。

这天，他们打听到，补抽乡的乡长吴庭方要结婚办喜酒，就决定趁热闹杀了乡长，抢夺他的财产，当然这个乡长是旧政府任命的，有钱有势。酒席办的中间，杨子伟他们躲在隔壁的屋里把枪对准乡长，砰的一声枪响，没打中乡长，把新媳妇打死了。还打伤了一些老百姓。吴乡长哪里肯干？就要找这帮土匪的麻烦。杨子伟一看大势不好，自己势单力薄，不是吴乡长的对手。他就联系杨宝成，联手对付乡长，其实，吴乡长本身就是个土匪头子。两下就交起火来。机枪的声音好大，打来打去，杨宝成这边枪少，打了败仗，也就是说杨子伟败了，他的土匪被打散了。以前讲究，有钱生，无钱死。通过中间人调停，杨子伟把自家的好地全部赔给吴乡长。这件事才算了了。

那个时候，我们这边保长有个儿子，长的样子有点儿凶，杨宝成就说。以后他长大可了不得，他要杀我怎么办？他就勾结现在叫吉首市的小溶洞那边儿的一窝土匪，把这个孩子给杀了。孩子杀了以后杨宝成说，索性一不做二不休，把这一家人都杀了算了，省得他们找后账。

半夜他们就去敲门，家里的女人就开门了，开门就是一枪，这一枪没打中要害，女的就跑到堂屋里。堂屋的男人就被打死了，还有一个老婆婆正坐在火盆边烤玉米，杨宝成只打了一枪，老婆婆就跌倒在火盆里，人就烧起来了。土匪们一看，不知道怎么办好，吓得就跑，这家家里有一头牛，土匪们顺手牵起那头牛就走。他们一路走，跟一路看热闹的人说，没你们的事儿，赶紧回家去，不要命的就往前来，来了把你们全家都杀光。那个女的没被打死，她叔叔给抚养长大，后来把她嫁到板栗村那边了。

那时候，我们这里还没有解放。解放全中国的时候是 1949 年，可是，1947、1948、1949 年的时候，我们这儿就发生了乡村里的战争。乡镇打村子，村子打乡镇。哪个有机关枪哪个就可以做大爷，吃苦的都是老百姓，被害的都是老百姓，被抢的也都是老百姓，搞不清是国民党还是土匪，反正枪声不断，老百姓是叫苦连天。

那时候相当地乱，有家的人恼火，没家的人也恼火。要抢你，害你，要抢你女儿，你赎回来要几万。

以后，要解放了，解放军要来了，老百姓个个都怕，不知道解放军是好还是坏。但是他们，不杀人，不抢老百姓，穿草鞋，打光脚，专找土匪干，老百姓们慢慢地就知道他们是好队伍，是好人，就把鞋子塞给他们。解放军不管住谁家，都帮老百姓扫地挑水，老百姓口口相传，这些个兵真好。

土匪们都吓得跑到山上去了，但是他们没得可吃，晚上就下来偷老百姓的牛，解放军追到山上，正找不着他们，忽然牛叫了起来，把这帮土匪的行踪暴露了，很快，土匪就这样一拨一拨地被消灭了，再也没有人下山来抢老百姓了。

有解放军撑腰，老百姓也不怕土匪了，有的时候碰见了土匪，三五个村民就冲上去，把土匪抓起来，打个半死交到解放军手里。

后来，公开召开了镇压土匪的群众大会，当场枪毙那些罪大恶极的土匪。有的土匪吓得躲起来，解放军到处张榜通缉他们。

龙州金村有个土匪躲藏了大半年，有一天回来找他的两个兄弟，一个兄弟就炒饭给他吃，另一个兄弟从后面一棍子打在他的头上。兄弟两个用绳子把他捆起来，送给了解放军，一看，还是一个土匪头子！那一棍子打得狠，人其实早死了。这家伙还带了两个人过来，这两个人一看情况不好，扭头就跑，没跑多远，也被乡亲们扭住了，因为乡亲们都提高了觉悟，昔日他们眼中的土匪再也不是土匪了，而是一个个小爬虫。

被抓住的这两个土匪，还恶狠狠地说，如果不落在你们手里，过两天我们要把这兄弟俩活活打死！

乡亲们打土匪，也发生过不幸的事情。有一天，三个村民看到一个像土匪模样的人，牵着一头牛在山上溜达，就扑上去把这个人杀了，按照当时的规定，取了人头到乡公所来报功领赏。乡公所的一看，哎哟，坏了，这是他们派出去的侦察员，但是人死不能复活，没办法，只好找到身体全尸厚葬了。这说明当时的情况也是很混乱的。

随着解放军大部队的不断增加，基层政权不断巩固，土匪、地主、恶霸、国民党兵全部被镇压了，十八洞村的人民从此过上了好日子，再也不在半夜里担惊受怕了。

说到这里，老人讲，李老师，打土豪还有个挖银子的小插曲，等我闲下来再给你讲吧。

我一听挖银子，就说龙大爹，我现在就要听。

好吧，李老师，那我就跟你说说，打完了土匪恶霸，政府就要没收那些富人的不义之财，当时，听说长阳乡有一家地主很有钱，给他家干活的人，偷偷向政府报告，说他把钱埋在地下了，政府就派了很多人去挖，那真是刨地三尺啊，居然就挖到了装糍粑用的一个大罐子，打开一看，妈呀，全是银锭，白花花闪眼，谁都没见过这么多银子！当时有个军队的小干部，就动了邪念，趁人家不注意，装了几个银锭，私下里找到一个银匠，给他打了两个银碗，不等他把这两个银碗藏好，事情就败露了，人送军法处置，没收了银碗。所以说人呀不能动邪念，好事再小也要去做，坏事再小也不能去做。

令大家想不到的是，地主的屋里不但挖到了银元，还在院子里，挖到了几千斤铜元。用马车装满了送到县政府去了。

后来这个地主被处决了。应了一句当下流行的话：钱没花完，人没了。

一个淡定的电影原型人物

　　我来到十八洞村之前，市面上就放着一部电影叫《十八洞》。我特意去电影院观看了，硬汉主演王学圻给大家留下了深刻印象，粉丝老多老多的。当时我就想，哎哟，这是根据十八洞村哪个人的原型拍的电影拍得这么好。而且我还想，这难道不是一个商机，不要说张灯结彩，就是把电影大海报往家门口一贴，那旅游者还不踏破门槛。如果开一家农家乐，肯定是顾客盈门，大家都会冲着电影里的原型来的。后来我来到十八洞村才了解到，这个电影人物的原型叫杨进昌。我就一心一意想采访杨进昌，听他谈谈这个电影，谈谈他作为电影人物原型的一些感想。这是一个多么好的文化选题呀！

　　我向人家打听杨进昌住什么地方，人家往高处一指说，梨子寨山上最高的地方。又说，你找他干吗？我说，我想采访他。他们说，他不会接受你的采访，他没有接受过任何人的采访。我没有灰心，我爬到最高的地方，一连去了三天，都是早晨去的，我想早晨他们一家人肯定都在，不要等到中午人家有事走了。三天就只见两个人在修房子，换瓦片，一个在下面，一个在上面，年纪都在四十岁左右，换的是新瓦，看来房子漏了。

　　我想这其中有可能就有杨进昌，但是人家劳动我不好叫。到了第三天，他们新瓦还没换完，我看到旁边的院坝里有一个老头儿背了一个筐，筐里背了一个小孩子。他说，我看你一连来了三天，你干吗？我说，我要见杨进昌。他说，我就是杨进昌。啊？我吃了一惊，我想这个原型筐里背着个小男孩儿，在这院坝里走来走去的，这是什么人物原型。另外，他家里也没有关于那部电影的一张大海报。

其实有商机的人都会动这个脑子，贴一张大海报，不用张灯结彩，就能吸引游客前来找这个电影原型，结果他说他就是杨进昌。他说，你干吗？我说，我想跟你聊聊。他说，你干什么的？我说，我以前是当兵的，我当过八年兵。就这一句话，就像钥匙一样打开了他心里边的锁。他说没想到啊，我才当了五年，才是你的一半。

李老师啊，如果你不说你是当兵的，我今天绝不会跟你聊天。但是你说你是当兵的，而且当了八年，你是我的老班长，那我就跟你聊聊。咱们俩这样，就从当兵开始聊起。因为走到任何地方，当兵的情结是永远不会忘记的。

我是在吉林当兵，就是在东北那儿。我是1975年的兵，也可以说是老兵。

我以前也不吃烟，当兵回来以后起这个房子，我送人家烟，人家又说你送我们你不吃，我们不好意思吃，那你也得吃，吃来吃去吃上了，可以说也是有瘾了。

我们当兵的时代就是毛泽东时代。我们戴的五星、帽徽和领章都是一样的，我们那时候当官的多两个口袋，我们当士兵的就是上面两个口袋，有下面两个口袋的就是当官的，不像现在可以分清楚官有多大，那个时候就分不清楚。我们吃生产队的时候，也特别愿意去当兵。那个时候检查身体合格了，戴一下领章、帽徽，好像挺帅气的。

我是沈阳军区空军地勤人员。那个时候我们一下子到东北，从南方到北方就不适应。我们新兵去的时候坐火车都是闷罐车，一连好几天才到吉林柳河县。柳河县有一个军用机场，而且还有一个新跑道。

那时候我们一过山海关，火车底下的冰就结这么高了，冷了。我们新兵入伍的时候就在山城镇，山城到柳河现在要坐一两个小时的火车，那个时候还要坐一个晚上的火车，火车慢，不像现在这么先进。

到了部队以后，我们先进行两个月入伍教育。入伍教育后就分你干什么，我干什么，有干机电的，还有干无线电的，我是搞机务的。我们就学那一项专业，学习了九个月的时间。后来才下中队，我分到了柳河搞机务。

我当了五年兵，1980年退伍回来。因为我家里有老母亲没有人照顾，我叫她到我二哥那儿去，她还不肯去，我想来想去，算了，我回去。本来那一年没有轮到我退伍，指导员说，孝敬父母、孝敬老人也是我们国家的传统美德，所以我就回来了。

到1982年的2月份我们才搞责任制，比外省慢了一年。实行责任制以后就分田到户了，开始分田、分地，第三年就分这些山林，我们这里山林很多。

以前我们当兵的时候，提倡艰苦奋斗，自力更生。我们要学习、发扬大庆的铁人精神。铁人王进喜说，我们不管别人说我们这也不行，那也不行，我们中国人民有志气、有能力，我们争取在不久的将来要赶上或者超过世界先进水平。这就是我们一个国家的人的一种精神，一股拼搏奋斗的精神，自力更生、自立自强的一种精神。所以说做一个人，虽然我是穷的，但是我的志气不穷，我要有骨气，该拿的东西我拿，不该我拿的我就不拿。

我父亲1953年四十九岁就过世了，那个时候我才有五六岁。

在部队的时候我看过巴金写的小说《家》，小说封底写了这么一段话：我活了二十几个春秋，我有我的爱，我也我的恨，我有我的痛苦，我也有我的欢乐。所以说，这个世界，你认为它是苦的它就是苦的，你认为它是乐的，是甜的，它也是甜的。我这个人有时候也苦闷，有时候我好像也比较活泼，喜欢唱歌，这里吼，那里叫。有的时候人家不理解说，那个人是不是有点儿神经病，你看他好像无忧无虑的。有时候我自己就想，一个人活在人间，你痛苦也是一天，你高兴也是一天，出了问题你要去面对，你再哭也解决不了问题。我自己和人家比起来，人家是天上，自己是地下。但是你是天上你高兴你的，我在地下我也同样高兴。有的人看到我高兴，他也不知道我心里有多苦。他们说你很高兴，说你还笑，我说我笑，你知道我在笑的背后有过多少的辛酸和泪水，我的辛酸和泪水你根本不知道，你就看到我笑，你没有看到我哭。为什么说男人有泪不轻弹，我哭我就不让你见，这是我的一种精神。

原先在部队的时候，我们的指导员跟我们说，我们当兵要有一种吃苦的精神，但是说话一定要一就是一，二就是二，就是说你会就会，不会你就说不会，你不能骗人，你骗人是害人又害己。有的人说你当兵，你晓得什么，我当兵我就晓得一个"到、是"。他们说那是什么意思？我说就是你既然当一个兵，你做一个军人，军人就是领导叫你，就是"到"，叫你干什么，就是"是"。这里面包含着一种我们男人的精神，反正你交代我的任务，我就要尽心尽力，尽我的能力去把这个任务完成好，做好这个事情。

李老师，十八洞也有很多的退伍兵。后来我儿子也十八九岁了，我就说，你要去当几年兵，军队是一个大熔炉，你到部队锻炼几年以后，你回来了，我对你最起码也是放心。一般你经过了部队的教育以后，当过兵了，穿过部队的衣服了，你就不会去做那些破坏党纪国法、违犯国家法律法规的事。

他也去了部队两年，到新疆那里。他回来以后分配到市政府工作，也是在执法部门。

一个人活在世上你说难也比较难，你说不难也不难，看怎么认识，我有难，我自己去克服它。一个人一定要有一种精神，要有一种吃苦的精神，一种互帮互助的精神。像我们那一代都有这么一种精神，可以说是部队教育的一种好的道德品质。

现在吃也吃好了，穿也穿好了。做一个人最起码的标准，是要严格要求自己。我跟我儿子说，做人要低调一点儿，不要傲慢，而且要向别人学习，要把别人的经验变成你自己的经验，你以后就成功了。你如果觉得，你什么都懂，什么都会，好像就人家什么都不懂，什么都不会，这样做人你就不合格。

习主席来过这里后，我们生活条件也改变了不少，环境也改变不少，我说话就是直来直去，好的就是好的，不好就是不好，我们就是让事实摆在面前。

过去我们不通路什么都不方便，肥料都是从国道线那边挑回来的，你要卖什么东西，也要挑到那里去，所以大家都努力地把那条路修通了。习主席来了以后，又扩宽了水泥路，原先三米五宽，现在两面可以对着开车，可以让车了。

现在稻田、旱地都入合作社去了，我们老了就什么也不做了。所以孩子就把孙子送回来了，让我们带孙子，羊也不养了，牛也不养了，猪也不养了，现在养孙子了。

把土地入合作社，给你股份，一年一亩田给你六百块钱、一亩地给你四百块钱，还有那些猕猴桃产业等七七八八的，搞一点儿分红。现在有些人老了给人家打扫卫生，也有点儿补贴。我们现在一个人一年有一万多块的收入，他们那些做农家乐的，还要超过。

开始苗导演到我们这里来，也是坐在我那个场地里，他说我要到十八洞写一部书，我也不知道他要拿我这个形象拍一部电影。故事，有很多地方是艺术的。我主要就是讲一个人要有一种精神，有独立自主、自立自强的精神。不能依靠别人，也不能依靠国家，我们国家有十多亿人口，都依靠别人会怎么样，会把一个国家都搞穷了，所以必须要有一种自力更生、自立自强的精神。

拍《十八洞》电影，很多地方基本上是在外地拍的，不是在我们这里拍的。比如那个梯田，电影里有那么一大片梯田，我们这里哪有这么大片梯田，他是在外地拍的，但是精神上是用十八洞，用我的一种精神。这样我太不好意思，太惭愧了，因为我不是那个人。

苗导演把这部电影拍出来了，当然现在我也变成那个原型了。我说实际上我根本没有什么了不起的，也没有什么轰轰烈烈的，没给国家做过什么大贡献，也没有给这个社会创造多少幸福的地方，我根本也没做出这些成绩来。我只是给他说了直来直去的话。

现在我不是也是了，有的时候有人找我开玩笑，我说，我不是杨跃进，我是杨进昌。

当时放电影的时候，我不知道苗导坐在我身后，我看着电影里演到智障的孩子掉到山崖里去我就哭了，因为这正是我家的一个故事。我家的一个智障孩子我们也养了十几年了，但是我想等我百年以后，谁还养活她呀！所以我就哭了，想不到我的眼泪被苗导看到了。他说杨哥，你哭了。我说是啊，我哭了，我想到我百年以后家里的智障孩子谁来养啊，所以我哭了。

我哪知道他要拍电影，好像我有什么了不起似的。我也不是什么大人物，更不想借这个电影发什么财，一生就是这样平平淡淡的，本来日子就是平平淡淡的，电影拍过去仍然回到平平淡淡。电影没拍的时候平平淡淡，电影拍起来轰轰烈烈，电影演过去了日子又回到了平平淡淡。

不败的莲花

故事讲述人：原飞虫寨老支书石顺莲

李老师，我就一边做苗绣一边跟您聊天吧。我们做苗绣也是我们的前辈传承下来的，我们从小就学习苗绣。

这个苗绣是给非洲的列车做的，现在我们的苗绣也能搭上火车沿着习总书记倡议的"一带一路"走向全世界，把我们的苗绣发扬光大。以前我们和奶奶、外婆绣苗绣就是自己用，自己穿，现在我们的苗绣可以走出国门。火车卖到什么国家，我们就把这幅图案绣好了赠送给那个国家。

每一幅苗绣给我们一千五百块钱，手艺好的小姑娘几天就可以绣一幅。

这是中车的一个公司向我们订购的，和我们对接苗绣合作社，我们做好这个产品，装置在那些列车上，中车公司作为一种赠品赠给非洲，非洲人也很爱我们的苗绣产品。我们和他们合作已经两年了，2018年一年，今年是2019年，现在是最后一批了，已经绣了三批了。

我今年六十六了，六六大顺，我是1954年生的。

我十二岁就开始学苗绣，这是我们苗绣的一种工匠精神，是苗族一种手工艺。苗族姑娘每一个都会自己做苗绣，纺纱织布的都要会，我们都是这样走过来的。一直到出嫁用的衣服都是自己绣的花，自己穿。还有门帘、蚊帐帘等都是自己绣的。

你可以拍照一下，那都是我嫁到十八洞村来之前我做的苗绣。

我是1976年嫁过来的。我们自己带小孩儿，背小孩儿的背带都是我们自己绣的，现在我还有呢，等一下你可以拍一下，那是我年轻时候用的，到现在有孙子了，还要背孙子。当然现在孙子也大了，大孙子都二十二岁了，小孙子也十五岁了。

从习总书记到我们十八洞来——他是2013年来的，2014年我就满六十了，我们基层干部都到六十岁就退休了，所以2014年我就退休了。我们要在十八洞发展什么产业？我们村支两委和工作队都来研究、探讨这个事，我就提出来搞苗绣。

为什么要搞苗绣？我当十八年支书，没有带动全村的老百姓脱贫致富，心里有点儿不舒服。习主席来了，在我们十八洞和我们座谈中说了要"精准扶贫，因地制宜，分类指导"这些话，我们怎样才能在十八洞搞好产业，做什么才能让老百姓脱贫致富呢？我就把苗绣提出来。现在我们的五大产业，苗绣也是其中的一个，那个时候我们苗绣合作社有五十五户。

这脱贫致富的五大产业是什么？种植、养殖、苗绣、旅游、外出务工，座谈的时候习主席也特别说道："该打工还是要打工，该在家里驻守的还是要在家里驻守。"我们有些年轻人在家里还没有找到他们合适的工作，所以就到外面去打工了。像我家一样，我做苗绣合作社，但现在苗绣产品不够我们致富，所以我的媳妇、女儿她们还在外面打工，我还没有把她们留在家里，我们村子里有很多年轻人也是这样。

我们村带孙子的老人，他们不出去做工了就和我一起做苗绣。有些年轻人在外面打工，也是赚钱来养家糊口。年纪大一点儿的就在我们家门口也能挣点儿小钱。我们的这些图案，每一户绣好也有一千五百块，我们在家门口如果一户能绣两幅就能挣三千块了。现在订单还不够，我们做完了只能休息，或者另外去找订单。订单就是我们的命啊！

我 1976 年嫁到这个村子来的时候，当时我们这边叫飞虫寨，那边叫竹子寨，我们是 2005 年合并的。我从 1997 年当支书到 2005 年合并，我们两个寨子的党员集中选支书，就把我选上了。我这个支书当到 2014 年，已经连任十八年了。

我来到这个村的时候，我们这边很贫困、很落后。我们这边是 1981 年分产到户，当时我就当妇女主任。1976 年我就学习接生，所以我就当这个村的接生员，一直干了很多年。

1997 年我当支书了，仍然兼任接生员。那个时候接生员没有报酬，都是义务。我们妇幼保健这方面的医生给我们说："你们到每一户接生可以跟他们要二十块钱。"我说："我们这边的村民很穷啊！他们没有钱给我，我都是打白工。"我们这边的老百姓很穷，靠山吃山，都是打柴来卖，来做油盐费用。

那个时候我们没有经济来源，所以我们这边一个产妇坐月子家里头都没有钱给她买鸡蛋，吃一个月的鸡蛋都买不起。她娘家只能做一桌豆腐给她，没有钱买鸡、买鸡蛋给产妇。那个时候我们这里很穷，她刚生下小孩儿的时候家里面都没有买到一斤红糖给她止血用。我们就是用土办法，拿一个碗接到我们烤火的架子上，接那个灰来让产妇止血。

从 1993 年我们这里生小孩儿就集中到医院去了。那个时候我们县里面就有政策宣传了，不用我们自己在家里接生，全部把产妇送到医院去。

那时候苗家有一种习惯，你生小孩儿你婆家要送给尿片、尿布。我接了一户，好像是他们家第一个孩子，看她生了一个小孩儿，她婆婆都没有给她这些尿片。她就拿着丈夫的衣服和我们苗绣的一个围腰，让我们来给她包她的小孩儿，还要等外婆过来准备了一些给她。这是我接生遇到的家里最困难的一户，她好烂的衣服都舍不得裁成布片包小孩儿。现在包小孩的布都是从超市里购买回来的，很高级，那个时候我们都是用破衣服、破裤子来当尿片。我们的年代都是很辛苦的，都是很穷的，现在好了，到了我们的儿媳、女儿就慢慢好起来了。十八洞现在都没有这些情况了。

自从习主席来了以后，现在我们这里的情况好多了。打工的打工，在家里也有做农家乐的，有的还有其他产业。现在生活好起来了。年轻人都没有经历过这样的苦难的日子，都不知道原来为什么这么穷，都没有这个"穷"的概念了。他们听我讲这些都像听故事一样。

我嫁到这个村里已经四十多年了，这些都是我的经历。当支书，当妇女主任兼接生员，一直当到支书都经历了很多。当时我们这些村子里没有什么产业，我们的土地面积也很少，你把这些地种好够吃就行了，没有多余的粮食拿出去变钱。

从改革开放我们在外面打工，到习主席到我们十八洞来，我们现在有很大的变化。我们有猕猴桃产业，苗绣产业，可以年年分红，所以我们现在老百姓的生活越来越好了，一年比一年好。

光靠着政府给我们东西，给我们钱是不行的，那样不能够长久地脱贫，我们还是要有自己的基地，自己的产业，才能够把贫穷、落后甩得远远的，奔小康。

现在村子里都变样了，路也修通了。当年我当支书的时候没有村部，用我家来做村部，党员会、干部会都是在我家里开的。我们2011年才正式有了村部。以前我当那么久的村支书，都是用我家来当村部。

我们又是两个寨子合并起来的，两个寨子相隔得比较远。到了2011年才有了规划，就是说村部建到我们这边的寨子里比较近一点儿，所以就靠近我们这边建村部。门口有一条路，因为要建村部才修建的。

修建这条路的时候我们很多老百姓支持，也有少部分不支持。我就用我家的田和地跟他们对换，用我家自己的责任田。我们开始做的时候没有现在的好政策，补偿很少，一亩地就补一万，所以有些老百姓嫌补偿的太少，不愿意把地拿来修路。可是没有路怎么行，要想富首先要有路。但是我们当时确实没有钱，一亩地补一万确实也不多。当时有一户就不要那个钱，他要拿责任田对换，所以我就用我家的责任田和他对换了。

为了修通这条路我们天天做工作，和群众商量。有些思想通的就好做一些，有些不通的难度就大一些。每天晚上我们都要到农户家里去做工作，最后还是把路修通了，村民也更支持我们的工作了。

那个时候习主席还没来，他是 2013 年才来的。2012 年省民委的人来驻村帮助我们扶贫，那个时候是很艰难的，都是靠扶贫工作队来支持我们，帮助我们。扶贫工作队陈队长跟我说过一句话，他说，支书啊，我们帮你建好这个寨子，以后要有大领导来你们十八洞村。我说，好啊！你说这话一定能实现。谁想到，2013 年习主席真的来。早晨要去开座谈会的时候，我们乡长跟我说，你猜谁来这里了？我说，我猜不到，是谁啊？他说，是习总书记。我说，是真的吗？他说，是真的。我经常留着我们工作队陈队长的电话，我说，你的那句话，说修好村子以后大领导会来，真的兑现了。他说，我跟你说什么话了？你忘了吗？你帮我们做这个寨门让大领导好来，今天真的大领导来了。什么大领导？我说，中央总书记习近平今天到十八洞来了，现在我们准备在梨子寨施成富家的晒谷场上等习总书记来，我们一起来开座谈会。

陈队长就说，真是你们的福气呀！你们做得好，是你这个支书当得好，才能引得我们的领导来了。我说，不是，我们这边太穷了，所以习总书记要来到这个贫困的地方，要来帮助我们脱贫。他说，你说得对，我们全县都没有像你们这样好的村部。我说，全村人民不会忘记你们省民委对我们的关心和帮助。我跟他说，我从 1997 年当支书到现在，就没有一个村部。你们来了，帮我们建好这个村部，有了村部，大家开会、办事，老百姓来找我们就有一个办公的地方了。以前都是到我家里来，很乱，也很不方便。

后来日子越过越好了，州委组织部和县委组织部的领导来了几次，说，你们这个村部有点儿旧了，拆了换个新的吧。我说，你们不要拆，这是我们的一个纪念，是我们省民委和我们全村老百姓一起盖起来的这个村部。虽然有点儿旧，但是这里的村民对这个村部是有感情的，我对这个村部也有感情。现在你们嫌它小了要拆，我舍不得。过日子还是要讲究一些，不要大手大脚，结果他们同意我的意见，没有把我们的旧村部拆掉。我觉得这个老村部把牌子挂在那里非常有纪念意义，是我们风风雨雨的一个纪念，我们不能因为日子过好了就要大手大脚地盖什么新村部。我说，我做十多年的村支书都没有一个村部，你看我们这个村部那时候发挥了多大的作用啊，所以你们千万不要拆。最后我说服了他们，把这个看上去很旧的村部保存了下来，一直到现在。

为什么我不当支书了还要带领大家搞苗绣合作社，座谈会上总书记这样问过我，还问十八洞的小康水平怎么样？我说还没有达到小康。我们全州人均收入是一千六百八十元，所以习主席在谈话中才提到要搞"精准扶贫"。首先要感谢省民委先驻进我们村，最后到习总书记来到十八洞，现在十八洞真是发生天翻地覆的变化了。村民的腰包鼓起来了，我们村里各项基础设施改造也改造好了，整个面貌比以前好多了。这都是有党的好政策，"精准扶贫"的好政策，一直帮助我们全村的老百姓。

现在我们做这个苗绣的，主要也是我们在家里带着孙子的妇女，可以让她们在家门口赚点儿钱。她们自己能够挣到一点儿钱，对她们自己也是鼓励，能绣花的妇女在我们十八洞是大有人在的。以前我们没有市场，所以没有成立合作社。自从总书记来了以后我也就退休了，但是我又把全村能够做苗绣的妇女组织起来了。

你知道吗李老师，我们的苗绣合作社组织起来也没有地方，像当初村里没有地方开会一样，都是在我家里开，现在苗绣合作社的牌子就挂在我家里。我把家里堂屋分成三块，一块做展示，两块摆好苗绣的架子当苗绣合作社的小工厂，这些妇女就到我家里来做这些苗绣。现在村里为我们盖上了高大明亮的工作室和展览室，吸引外地的游客来参观购买。

以前的时候，我们全村的妇女都是自己绣自己穿。我们嫁过来的时候都是穿着苗族衣服，现在改革开放了，才把我们的服装改成了便装。以前我们穿的都是苗族衣服，不光是女同志，男同志也是这样。老爸、老妈都穿着我们苗族的那种服装，没有改变。

苗绣从内需来讲还是有市场的，我们可以把苗绣拿到市场上去卖，以前想也没想过。现在条件好了，男男女女、老老少少随便出去到什么地方，参加什么重要的活动都要有自己的苗绣衣服穿。虽然现在生活条件改变了，大家穿便装的多了，但是苗绣衣服作为一种苗族的传统产品，还一直保留着它的价值。凡是有重大的节日，我们都要穿着自己的苗绣衣服出来参加。所以搞苗绣实际上是除了卖到国外去，本寨、本村也很需要，特别是有些年轻人他们不会自己织的时候，就来到我们合作社里挑选他们合适的、喜欢的样子。所以我们苗绣合作社的产品慢慢就打开了市场，参加的人也越来越多了。

产品一方面可以卖到国外，另一方面在国内，特别是旅游者来的时候他们也很喜欢，也都纷纷来买，让我们增加了收入。我觉得，我们应当把苗绣这个古老的传统工艺传承下来，并把苗绣产业发展壮大起来。不会因为日子过好了，大家穿苗绣衣服少了，这个苗绣衣服就不好卖了，不是这样的。

自从习主席来了以后，我们村里的变化确实非常大。就比如说是当村干部的来讲，当年我当支书的时候钱很少，一年才给四百块钱。直到改革开放了，有了财政补贴当支书的才拿到了两千七百五十元一年，还赶不到现在一个月的，我们现在一年的办公经费和补贴的费用就一万多。现在我们的办公经费和村干部的工资就多起来了。那个时候是很不容易的，那个时候当村干部没有像现在这样的政府补贴，现在可以拿到工资，每个月两千多，那个时候没有。

当然最幸福的事是，总书记沿着我们当年费尽千辛万苦修的这条路走进了十八洞村，让我们十八洞村现在有了天翻地覆的变化。这条路修通了，幸福的日子也就跟着来了。如果当时我们不这样做，我们修不通这条路。我们不是这样舍小家顾大家修好这条路，习总书记也不会来，也没法儿来，他怎么来，路都不通怎么来。这又让我回忆起来我们当干部的难处和当时修路的那些困难，这是我心里感到很自豪的一件事。

我们终于克服了困难，我们走到了今天。我们成了全国都来学习的模范的地方，还能有什么比这更美的事。相比起来，我们舍出去的那点儿地又算什么呢！

习总书记来了以后，我们发展的步子就更快了，原来的水泥路没有那么宽，原来就三米五，都是小路、泥巴路、田坎路，不好走，下雨天更不好走。现在成了六米宽的大马路，直接修到村子里来，这是我们过去想也不敢想的事。路进村子了，电进村子了，连网络也进了村子，这都是习主席来了以后给我们十八洞村带来的巨大变化。

在修这条路的时候，我们的干部都说，只要这条路修通了，我们村支两委的干部死都瞑目了，这是我们一种有志气的话。现在你看，我们真的可以闭眼睛了，高兴得。

谁也不会想到，我们把路修通了以后，把习主席引来了，使我们今天过上了这样幸福的日子。所以说要想富先修路，这话一点儿都没有错。我们过去穷就是因为没有路，现在我们所以富了就是因为有了习主席带领我们走到这个康庄大道上来了。

现在我年纪大了，我退休了，但是我仍然能够发挥余热，带领我们搞苗绣的妇女把日子过得更美好，响应习主席的号召，自力更生，过去的苦日子再也不会回来了。你想想过去我们吃的是什么呢？连粮食都不够吃，只能吃苞谷饭，萝卜饭，还有红薯饭。还有我们种的一些豇豆一起加到饭里面煮，就这样粮食还不够吃。现在好了，我们不要说是粮食够吃不够吃的事了，而是我们的日子过得一天比一天幸福。

李老师你看，我跟你乐乐呵呵地讲了这么多话。从我当接生员没有报酬，到现在有了这么好的收入，特别是我们能够通过自己的苗绣来挣钱，这也是我们一开始谁也想不到的，这都是习主席为我们指出来的阳光大道。

我现在没有更多的想法了，就是要把我们现有的苗绣合作社办好。并且能够组织我们一些年轻人也参加到我们的合作社中来，让我们的苗绣这个古老的传统工艺一代一代地传下去，让我们的子孙万代都会做我们的苗绣。这也就是我的一个最大的心愿了。

现在有一些孩子从外地回来了，不打工了，就来到苗绣合作社，来参加我们的苗绣，我心里也很高兴。我们古老的传统工艺终于有了接班人。我今年六十多岁，我还可以干十年，甚至于干二十年，把我们的苗绣发扬光大。它不光是我们挣钱的一个路子，更重要的是我们苗族的一个传统工艺，没有外人可以相比较的文化遗产。

我现在每天忙什么？就是忙着为我们的苗绣找出路，找合作的公司，让我们的苗绣市场越来越大，能够吸引更多的年轻人来参加。如果我们的订单不够，那年轻人就不会有兴趣了。现在我们是天天有活儿干，我也没有白跑。我联系了一家又一家的合作公司和那些老板们，为了我们的苗绣合作社一天天壮大起来，我出多大的力都不会觉得白出，都不会觉得冤枉。

李老师我跟你说句实话吧，虽然我现在年纪大了，但是我跑来跑去，每天都非常高兴。我高兴的是看到苗绣合作社越办越好，我自己的余热发挥出来了，我还要把它继续发挥下去，直到我真的干不动那一天，我想把我们的苗绣事业发展成谁也想不到的巨大产业。

好了，你看我跟你啰啰嗦嗦讲了这些，可能很多话没讲对。总的一句话是，只要我在世上活一天，就要为老百姓服务一天，为村民们过好日子奔波一天。你看我说的这些还可以吗？好了，我就跟你聊到这儿吧！

摆摊儿的小石

　　小石是一个漂亮的姑娘，长着一张娃娃脸，随时随地都是笑眯眯的。她在竹子寨的农贸市场摆了一个摊位，卖一些当地的土特产，谁也想不到这样漂亮的小姑娘居然嫁了一个歪脖子的残疾人。而且更有意思的是，她居然在婚前没看出这个人是歪脖子。当然这个歪脖子老是冲她歪脖子笑，她就以为他就是这样爱笑，爱歪脖子笑。结婚以后才发现他是一个歪脖子的残疾人，脖子正不过来了。但是小石就想没关系，人心好就可以。

　　李老师，我是一个普普通通的竹子寨的家庭妇女，我没有故事。你找到了我，我就讲讲一个普通女村民是怎样生活的。没有故事，但是有经过，每一个经过和每一个感想都是真实的。

　　李老师，那我就开始说起来了。

　　我们是在外面打工认识的，然后就到了这里来。现在我就这样每天卖东西，做这个。现在家里还装修房子，装修一个楼上，他在家里帮木匠做饭，我就在这里卖这些东西。就这样做，还有什么说的你说是吧？

　　现在两个孩子没人带，我也出去不了，那就在家里，他们晚上要回来，一个小，一个大，一个在外面星期五要回来，星期一出去。现在出去打工，也没有什么文化，没有什么技术，出去打工也是苦工，赚不了什么钱。干脆我们在家里算了，要不小孩儿没人管，出不去了，所以就在家里，外面有点儿工作做，还能给人家做，没出去，要出去得明年出去，今年先装修一下房子。房子也很破，里面都没修，外面都是国家帮装的，自己修里面，今年就修里面。这样做，这样过生活了，还想怎么样。

再怎么做都得自己苦，你没苦，每天坐在家里就向人家收钱，不可能，要自己赚，把小孩儿养大，要读书。两个孩子，让他们读书，上学，我们现在没文化，不识字，自己这样过就行了，你没文化怎么办，现在孩子不要让他受委屈，让他读点儿书，识一点儿字能好一点儿。我们不识字，外面出去不了，打工不认识路，走到哪里都问来问去的，现在年纪大了，三十多岁四十岁，在家里做这个，摆摊，一天几十块钱，可以够油钱、盐钱。

现在家里老人家一个人带不了（孩子），他怎么帮你带？现在在家里就是做这个。每年都出去，今年没有出去。明年想在外面打一点儿零工，挣一点儿钱，现在田地都合作社种了，我们没有田种了，就做小生意赚钱，一般挣个三十二十的，你不做一分都没有，家里就是吃粮食，去年种田。要赚一点儿钱，一天有几十块，不做一分没有，每天就这样子做。

现在有村委会，工作队，他们在上面租房子，叫我帮他们做饭，一天给我几十块钱，一个月一千多，这里做一点儿那里做一点儿，我现在就一边卖东西一边帮他们做就行了。

今天星期五了，小孩儿等一下要回来了，我帮他们做饭吃，洗澡、换衣服，明天洗衣服，就是做这些，现在把小孩儿养大就可以了。

不容易，你有什么办法，不容易也要做，现在谁能帮你养，谁帮你照顾？就得靠自己，走到哪里自己带自己的（小孩），谁给你带？他爷爷都八十二岁了，他住在上面，我们住在下面。有时候他不想做（饭）了也跑到我们下面吃，吃饱回家睡觉。白天他就上山砍柴，一天砍一次柴回来。晚上要到我们那里玩，玩到八九点回去睡觉，他年纪也大了，带小孩儿带不了，八十多岁了，照顾好自己就可以了，不要他去做他要去没有办法，现在我到这里来了，他上坡去了你不知道，晚上你回来他也回来了。我说，你到哪里去了，他说，今天没到哪里，他怕你骂他，叫他不要上山非要去，坐在家里也很闲。

晚上到五点多收摊，做饭吃，吃饱饭，把小孩儿照顾好，然后就可以歇歇，小孩儿的脸、脚洗好，然后坐在那里看电视，不看电视就睡觉。

每天早上起来这样做，有时他找一点儿野生猕猴桃回来我就在这里卖，现在山里有好多猕猴桃，他们上山去找我就卖，今天他找到五六十斤卖，有孩子不能出去，能出去的人全部出去了，小孩儿不用管就可以出去了，没人管小孩儿就得在家，要照顾小孩儿，做饭、洗衣服。现在有老人家打不了工了，在家里卖这些，我们卖这些东西的都是老人家，有小孩儿在家里，其他人全部出去打工了。有些人也说，你竟然在这里卖这个东西。那没有办法，不能出去，没人管小孩儿。看他们发的视频，小孩儿自己烧饭，黑黑的也吃，也没睡床上，睡外面楼板的桌子上，小孩儿就是这样睡觉没人管的，吃饭吃一天饿一天。钱没有就少用点儿，有就多用点儿，先把小孩儿养大再说，小孩儿养大能出去就出去，不能出去就找点儿活做，这里没什么东西就找点儿那个东西卖。打工打一辈子，五十多岁回来了，六十多岁人家不愿意让你做了不得不回来，你打多长时间，他们说算的，没办法。

原来我们都要买米、买油、买盐，五天一集，要去外面买回来。现在只需要在这里买一点儿油盐，米可以不买了。现在我卖的这些东西都是我们这里种的，要不然就到山里找野生的，红豆、萝卜、豆角，原来都要背出去卖，现在可以在这里卖，我在这里卖一点儿，一天油钱、盐钱够了，不用出去了，这样做就行了，不然想怎么样。

李老师，我们种田像讲故事一样，那个时候田种不好，收不好，我们就要出去要饭吃，到橘子厂剥橘子。然后腊月快过年了，二十几就回来了，休息几天就过年了。现在我们在这里可以卖这个东西，现在好多了，可以在家里赚一点儿生活费、零用钱，原来的时候都要跑到外面去，不出去在家里真的挣不了什么钱。

李老师，我知道你吃住在阿雅那里，她花了几十万盖了阿雅民宿。你每天早出晚归跑各个寨子，这个情况我都知道的，我跟阿雅很熟。和梨子寨的人我们都认识，他们也认识我们这边，我们也认识他们那边，我们都是一个村里的人。阿雅现在也好了，起个两层的民宿，搞了几十万搭起这个房子，她老公叫杨振邦，她搞的牌子叫阿雅，可以吃、可以住，我知道她家。原来我们的东西都到那边卖，现在村部搞好了我们才搬过来，原来我们在那边每天在一起，现在我们搬过来，她卖他们那边，我卖我们这边。梨子寨在外面那里，卖到外面大门口那里，灯笼那里。我们三个寨子你卖你的地方，我卖我的地方，现在这个地方是竹子寨的，那边是梨子寨，外面有三四个寨子。现在我们全部在家，不用出去了，原来都背到那边卖，那个不好背，一天得背一大背过去卖，晚上回来。

习主席来了以后才开的市场，原来早上吃饱饭到山里砍柴回来，那个时候可以养猪、养鸡、养鸭、养羊、养牛，这样去山里找草，喂猪，（就顺路捡）一把菜，回来喂猪。早上你五六点起来搞，搞好猪吃饱十点多钟出去，到山里找菜回来，晚上做饭，喂猪，要不然有时候放牛，有时候放羊，现在牛羊不养了，没什么做了，就每天做这个。

到春天的时候，三四月就搞（干）农活，种田、种地，种好了以后出去找（挣）一点儿零用钱，一个在家里管，收谷子的时候又回来帮忙，把谷收完他也出去，我在家里晒，晒干了搞好了也收到场了，收好了搞好了就做这个，没有事做的时候就这样做，到山里找柴火回来烧，过冬的时候烧，下雪的时候出不去了就在家里烤火，不出去了。

（养）三四十只羊，（或）五六十只羊，还有几头牛，我们养的是水牛，就是和石头一样的水牛，很长很长的，它一年两年又要下一头小牛，养了三四年以后卖了。（再）养个猪，有两个猪过年，有时候到过年的时候杀了，吃不完就卖。我们卖腊肉没有地方卖，就是吃，吃得多，脚、头、肉全部都是吃，现在可以卖了，好多人到我们那里去拿，到时候杀猪他自己杀，你给他们就行了。今年没有猪了，人家说有病瘟，不让养了，今年就吃鸡鸭肉，现在过得也还可以。

那个时候我们就两个人，我（到）这边养他就放，下午三四点回来，回来就烧饭做晚饭吃。你（在）这里玩，这里看，（我们）就这样做。这两年没养那些（猪、牛、羊），都卖掉了，现在什么没养了，就围着鸭子、鸡。今年田地都是村委会合作社种，都收回去了，这两个村都参加合作社，没（不用）种了，现在就是做这个东西，卖这个东西。

习主席来肯定好一点儿了，可以卖东西了，原来习主席没来的时候没得可卖，就是五天要到外面赶集，打一包米，到排碧乡，麻栗场，五天一次。赶集有两个地方，麻栗场是一六赶集，排碧是三八赶集，去了没有钱，打米去卖，大米，一车搭过去，打七八十斤，五六十斤，那个时候卖米一块八一斤，一块五一斤，又便宜，一包玉米（卖）一百多块钱，刚刚够买一两条鱼或一斤肉回来，吃两餐就吃完了。卖玉米、黄豆，我们就是种这些。卖了就换一点儿肉、鱼来吃，其他的家里有就没买，换鱼、肉那些东西。我们腊肉一年吃到头，一年杀了两百多斤的猪，一家人一年吃不完，放到冰箱里，不会坏，想吃新鲜的就去外面买，每天吃腊肉，就是这样子。现在养到山里，家里不准养，这里会搞坏（环境）的，有影响，不让在这里养，现在养到外面那里，养在山里，一天去两次，晚上一个人睡到那里看（着）就可以了，白天干活。

我家有鸡，我家住在那个地方，可以放那边没事，它们不会回来。养点儿鸡（可以）吃，下蛋，多了也卖，少了给小孩儿吃。大的小孩儿在外面读书，十六七岁，读初二了，小的九岁，二年级。两个孩子，需要紧着小孩用，大人没有钱少用点儿，小孩儿要吃、要用，要出去，想吃一点儿东西不可能不给他吃，我说你要吃就吃，我也不管了，我们在家里少吃点儿，你们在外面多吃点儿。我们在家有饭吃就可以了，不要什么零食，你们要长大，要吃好一点儿。

今天星期五了，小孩儿晚上也回来了，回来他就烧饭，我回到家（就能）吃，（他）烧饭、烧菜都会做，什么都会做了。星期六、星期天就他做饭，我就舒服两天，等他走了我也烧饭。

基本上我在这里待（摆摊），他在家里搞。放牛、放羊要一个人放，一个人看，你不可能给它们关在家里，现在没有就不用养，原来就（要）去（放）。辛苦点儿，要吃、要用，小孩儿要吃、要用、要读书。现在好了，国家报销好多，省好多力，原来的时候真的好累，一个月要几百块的生活费。

我不是低保，我是贫困户。不是给钱，有点儿免费的，现在全部学校小孩儿中午吃饭不要钱，现在免一点儿，原来全部要钱。开始我们大儿子读（书）的时候，没有钱的时候，每个星期要拿米去，（或者）给他送米，那个时候又没有补助，你没有钱，生活费没有就要送米过去，小孩儿有饭吃，没送米过去就没有饭吃。现在免费了，不要米了，中午饭也不要钱了，现在好多了，这几年都好多了，政策越来越好了。现在好多免费，这些小孩儿也好多了，省好多了。原来养两个小孩儿也很辛苦，很难的，我又没有什么技术，一个做苦工的也没有什么钱，很难，很累，赚钱也不够吃不够用。

那年我们到浙江打工，带小孩儿到那里，读幼儿园一个学期要五六千，一年两个学期一万多块钱读书，读不起了后来才回来。打工，做苦工挣不了什么钱，现在做这些好一点儿，强多了。现在省一点儿了可以在家里装修一点儿房子，小孩儿免费读了，有点儿钱装修房子，原来哪够，没有，还要打工，还要跟人家借钱，他们说你们打工的在家里好一点儿，家里好多米、小菜不要买，不要房租。那个时候我们在外面也很难，没有什么技术做，一个月不够一个月用。

这个鞋垫是自己做的，学着做，做成这个样子很难看，我说做好了卖这些东西。买线做这个东西，花二三十块钱（能做）一双，做好了，现在（卖）

六十块钱一双，得十几块钱。找一些村里的老人家，我也跟他们学，肯定给老人家钱，他们（做的）卖给我，我也来买，到时去卖我赚一两块钱。我卖我们这里的土特产，外面进的很少，外面我也不进，我是进老人家的东西卖，不进做生意的那些，那些是外面来的，我不进，我一般是卖我们村里自己种的，他们吃不完拿去卖，我就卖这些，一般我都没有卖外面的。这些东西，投一两千块钱差不多够了。

我老公这个人在外面很喜欢开玩笑的。我就是在我们那里打工，我是吉首的，他是这里的。我在那里打工，在我们那边的饭店帮忙，他一个姐姐在那里开店，（我）在那里帮忙，就是这样认识的，他在那里帮他姐姐做，就这样认识他，认识他就到这里来了。他们这里一般种田，现在就到外面打工了，农活搞完就出去打工，在那儿打工认识的。

他老爸老妈说他小的时候（脖子）就这样睡（出来的），没翻来翻去地睡。（他）说是生产队有活干，孩子多，没有照顾过来，就让他睡，他也不哭不叫，让他每天这样睡，到七八岁了，这个小孩儿的头怎么搞得偏了，后来他老爸才说肯定让他每天这样睡，这个头就偏了，翻不过来了，这里捏住了翻不过来。他小的时候说动手术，到医院去，需要八百块钱，拿不出来，那个时候八百块钱好多啊，当钱了，那时候买东西都是一分两分地买。现在我们这里要几万块钱，后来他就到吉首那里（看医生），没有钱，拿不出来（给他治），他兄妹多。上次有北京的那些专家帮他看，他说现在年纪大了不搞那些了，算了，随它就好了，不做（手术）了，四五十岁了，他说不做那些了，不好看就不好看，现在就没做。

那时候我不知道，因为他是这样的，我也没看清楚，大人说他是偏这样的，我也不清楚那些，我以为他是这样笑的，没理那些，后来才知道，问他，你这个动不了的？他说，从小这样的。这样就这样呗，就算了。当然是你到这里来了，到这里好多年了才知道，开始都不知道。你不能每天蹲着这样看人家，我也没有看这些，不理那些，是好几年才发现。结婚以前不知道，有些人说话就是这样的，（头）歪来歪去地说话，不知道是残疾的。后来他才说，开始我不知道，后来才知道他是这样的。那个时候他年轻，没那么看得出来，现在老了好像看得出来一点儿了。有些年轻人说话（头）就是这样歪来歪去的，不清楚（是毛病）。

那个时候有小孩儿，一直是他姐姐帮我带，他姐姐跟我讲小孩儿你要抱来抱去的，我说为什么，她说抱来抱去的（就）不能让他像他爸爸一样偏偏的，她说睡长时间这样会偏。我说会吗？她说，会，你看他老爸就是这样。我才说，噢，这样的，才知道。那个时候他到外面打工不太回来，过年才回来几天，所以我也不大清楚。他回来你哪里看（得到）那些，不能盯着他看，那个时候有工作又忙，他什么工都做得了，没有什么工做不了的，他那么认真，挑、背什么他都可以做，我也是后来才知道的。

人好就行了，两个合得来就行。他也喜欢开玩笑，说笑话。他聊天说几句话就行了，不会说很多话的，人家到家里他就说几句话，他说说那么多干吗？有时候我说话多了他就骂我，说那么多干吗？不然他就坐在那里睡觉，他不听你说话的，睡觉去了，我在那里说话，跟和木头说话一样的，他不跟你说。有些人说他不说话，他也不喜欢人家来，其实他不多说话的，说几句就行，他管你那么多，说不来的。

他也是在那里工地做，那个时候他姐姐在。他在他姐姐那里，我那个时候在他姐姐那里帮忙。他在他姐姐那里吃饭，住在那里，白天在工地做事，晚上就回来睡觉，我们就这样慢慢认识。

我们是自己认识的。后来有小孩儿我们才回到家里来。原来真辛苦的，在那里干农活，做完工了都不够吃，他们家小孩儿又多，只能辛苦一点儿，全部都要去外面干活。

我们这里野生猕猴桃最好卖，红心猕猴桃是村里种的，没上化肥，没打药，我拿一点儿来卖，买一点儿卖一点儿。

看人家需要什么，人家需要就好卖，他们说我们的豆子打豆浆好喝，说香，就每天需要豆子。星期六、星期天人多，好卖一点儿，就消耗（多）一点儿。现在人少了，都回去了，人家到梨子寨那边买回来了，这里需要一点儿就在这儿买一点儿，没需要的也没卖。做这个生意不是每天都好，也是人家不需要就不要，需要的人家要。昨天我们就那么一筐，六个村卖了三个，他需要的就卖得好，不需要的就不好卖，他要买就问你，不买就走了。做的东西不能保证什么都好卖，有时候人家要就卖，不要就不卖。

这个是进货来卖的，进价二十多，卖三十多，一个得几块钱，做这个东西一个得几块钱，你一样得几十块不可能，一个几块十个就几十块，就这样算。做出多一点儿好看，不可能都自己搞那么多，也搞不来那么多，一样卖一点儿，一样做一点儿，包包那些，他们需要就给他们卖，给他们进（货）来卖，进货价十块，卖十五，还得五块钱，挣几块钱，做这个一个得几块钱，这样放更好看一点儿，式样多就好看，人家看一下好漂亮。要不然你就卖那么一点儿，上面都没有什么东西挂不好看，这是好看，多一点儿，做这个一定全部要卖光，全部卖光你也搞不过来。

摆了两三年摊儿，习主席来的那一年，第二年我就开始卖，摆了几年了，那个时候摆在梨子寨，后来这个村部搞好了我们才搬过来，先在那边干起来，那个时候我们都卖。那个时候开始人多，现在搞得人也少了，天也凉了，人就少了，开始的时候好多人来，下午五六点还有好多人，现在少了。

那天我们问了当官的，这段时间怎么没有人了，他说天安门那里都没有人，还说你们这里，后来我就不问他了，不说话了。他说天安门人都少了，你们这里还有好多人？现在天也冷了，人也少了，每天都来你们这里。后来我在那边也不问了，现在有人也好，没人也好，有时候没有人我们坐在这里打牌，我们每天坐在这里没有人了就几个人打牌，有人买我们就卖，没人买我们就打牌，一天得几十块钱够一个人吃就行了。你想说一天得几百、几千块不可能，一天得一点儿可以，干上几年可以。

开始的几年，习主席来的那几年可以，一天除本钱还有一两百块钱，现在是不行了，淡一点儿了。开始来肯定人多，要跟路线走，有几年人多，走来走去没开发什么，没有什么做，人家看来看去只有这个地方，现在人少了，一天没有几个客人，这么长时间了没有几个人过来。

坐在家里一分钱没有，吃没得吃，钱没得钱。坐在这里我一天有几十块钱，挣点儿钱。一般卖东西要两点多以后，那个时候人家从那里走过来了，才买点儿上车走。现在过去一般是看一下，等一下他来一买就走，这里是终点，等一下坐车要在这里坐。

那个老人在家带两个小孩儿，年轻人打工去了，让奶奶在家里带两个小孩儿。他姑姑看她一个人带不过来，帮她一点儿，没办法，就是这样带，我也是这样过来的，这个日子我们都受够了。哪个小孩儿都是这样带，一把屎一把尿长大。后面还跟一个，大的懂事一点儿也不哭，小的不懂事就哭。你不带年轻人找不到钱，带孩子在家里怎么赚钱，吃什么。挺辛苦的，过日子就是这样子。一代养一代，年轻的有爷爷奶奶帮忙带，爷爷奶奶老了就得自己带，自己养。我的就要自己带，他爷爷老了，年纪大了带不了，他说我带可以，白天给你带，晚上不给你带，冬天冷了不给你带，我都受不了，我都怕冷了，怎么给你带？我带了我也搞不下来了，我都要你们烧饭给我吃了，我还给你们带小孩儿？谁养的谁带，他不管你那些了。那个时候带大的的时候他奶奶就这样说，你自己养自己带，我不给你带，我带够了，背一个拉一个我累死了，现在看你们带小孩儿我都烦死了，那个时候他奶奶就这样。

我两个都是男孩。不养了人家说你没有用，小孩儿也没有，小孩儿也没生。那个时候我们有几年没生小孩儿，人家说闲话。我们那边都是这样的，到他家里几年没有小孩儿就退回去了，没有小孩儿就不要你了。（这也）不是卖货可是（这里）就是这样的，和卖货一样的。你没有一个小孩儿，他肯定就不要你了，就是这样的。他有钱了给你两万块钱你回去，没有钱你就走你的。说不好听的（是）退回去，你没有小孩儿不白养你的，不可能的。他说我不养你的。

李老师您看，我跟您啰里啰嗦地讲了这么多，其实就是一个最普通的竹子寨的女村民是怎样生存的，怎样劳动和怎样生活的事。我没有故事，但都是真实的。

我注意到，她跟我说话的时候一笔生意也没做成。她笑嘻嘻地跟我说，今天没有做成生意，没关系，昨天还挣了几十块，很满意，很满意了。李老师，今天没挣着，但是昨天挣着了我也挺高兴，挺满意的。

分手的时候，我问她叫什么名字，她说李老师，您就叫我摆摊儿的小石吧。

姐妹农家乐

故事讲述人：金娣

李老师，我叫金娣，这么多年来，我的心一直是收紧的，好像有一根绳拴着。

为什么？

因为我家老杨为了养家糊口，在花垣县的铅锌矿企业打工。实际上就是在矿山里打钻挖洞。往山洞里一直打，先挖细道，打成细道又重新抠开、加宽，有矿就采矿，没有矿就白干。有机器，有铲车。跟挖煤工还不一样，就是拿机子一点儿一点儿地打，他不回家，有工棚住，这个工作很危险，可以说是拿命换钱。

你想啊，最深地方打几千米进去。一塌方谁也跑不了。

我家老杨三十多岁就进矿山了，如今一干十年了。

他们一班两个人，一人拿一台机子打。

这个矿开始是私人的，后来就是国有了。但是没有管养老金，工资开始的时候是几千块，到后来一万多。

我家没有其他的收入，就指望这个了。

他们都说老杨命硬。他遇到过几次塌方，有时候他站在一边儿，塌方就在另一边儿，一块儿进去的人就有的没出来。这些事，他从来不跟我说。但是，我全知道，村里去矿上干活儿的，有的人再也没回来。

所以，我的心一直是收紧的。生怕哪天传来不幸的消息。

然而，这样提心吊胆的日子终于过去了。

这天，习主席来到了十八洞村，这之后，贫穷落后的山村发生了天翻地覆的变化。家家开办了农家乐。我就跟我的叔伯妹妹商量，我说你看，现在我们这里游客越来越多，要不我俩也合作搞一个农家乐。她说好啊，我正看到人家的农家乐挣钱了呢！于是，我们就动手了，本来我们住的地方是一个大房间，只有一道大门，我又开了个后门。因为前后门都会有客人进来，因为我们两个人是姐妹，我们就给自己的店起名叫"姐妹农家乐"。

我跟老杨说，你快回来吧，咱家开了农家乐，你回来帮帮我。老杨很听话，彻底从矿山搬回来了，让我收紧的心一下子放开了。他帮拉菜，洗菜，扫地。做饭接待客人的事用不着他，那是个细活儿。

家里原有的地也不用种了，按亩入股给村委会的合作社了，一亩水田六百块，一亩旱地四百块，年底还有分红。我们就安心把农家乐办好。

我家的地方不大，不能摆太大的桌子，就准备了四方小桌。一开始摆了五桌，后来慢慢增加，放八个桌子有点儿挤，七桌刚好，每个桌子可以坐八个人，也可以坐十个人。

随着生意的不断扩大，我们就买一些大桌椅，可以摆到院坝里吃。客人还很喜欢。

说老实话，开办农家乐的人多了，回头客就很重要。我们大多数的客人都是回头客，吃过我们的饭，特别是吃过我妹妹炒的菜，他们觉得好吃，就打电话提前订餐，明天他们要过来多少人，让我们准备好。

我们姐妹农家乐开张不久，生意却非常火爆。

昨天，电视台的人来采访，妹妹跟他们聊天儿，就在厨房里给他们炸鱼，他们有七八个人，一人一块，让他们尝尝鲜。他们说，哟真香，怪不得那么多人爱到你们家来吃饭。今晚上我们就在你家吃饭了啊。

有时候，客人多了我就叫女儿回来帮忙，那个场面真叫热闹啊，有时候有一百多人，都是团队。导游认识我们，特意带客人过来照顾我们。有二十多人一个团队的，也有三十多人一个团队的。他们吃完了，我们赶忙收拾，收拾好了，又一拨团队，翻了一桌，又翻一桌。把打扫卫生的老公累得够呛。

我们的菜，有腊肉，还有苗鱼，青椒炒豆腐，农家豆腐，土鸭蛋，有时候客人想吃鸭子，他们要提前预订。如说明天要过来吃饭，我今天晚上，就要准备好，明天他们过来，现炒给他们吃，这样才香。

根据来的客人，我们准备好菜，有时候十个菜，有时候十二个菜。人再多了我们就上火锅。多数的时候，上三个火锅，一个腊肉，一个苗鱼，一个土鸡。桌子摆满了，客人们吃完菜，要加菜，加菜不加钱。

我们村里有些人家不做农家乐，专门种菜，南瓜、白菜、胡萝卜、白萝卜，还有其他小菜，他们不施化肥，所以菜的品质特别好。客人说吃我们家的白菜都是甜的。其实，我们就是买邻居家自己种的这些新鲜菜。集市上的、大棚里的蔬菜，我们绝对不去买。那些菜又上化肥又上药，不好吃。

除去原料上要精选，做起来还要下功夫。

客人们特别喜欢吃我家的农家豆腐。我们就在制作上下功夫，要把豆子泡好，泡软了再磨，好麻烦的。要从对面的村子买，很便宜，但是不好吃。好多游客说你家做的农家豆腐真好吃。他们吃完了，还想再加一份儿，问我要钱不？我说不要！

前天，有一帮客人，看见我家饭桌上摆了一些小小的西红柿，就说，人姐，想跟你买点儿这个小西红柿，多少钱啊？我老公说不要钱，我也跟她说不要钱。我老公说，那是我刚从地里捡回来的，是野生的，放在桌子上还来不及洗，你们想要，就给你们拿去好了。有一个年轻人跟我开玩笑，我看见你外面还有葡萄呢。我说，那些葡萄是我女儿拿来给我们尝的，你们想吃就拿去吃吧，没关系的，他们就笑了，说我们以后就是你的回头客了。下次再来，葡萄也要有，特别是这个小个儿的西红柿一定要有。我说，欢迎欢迎，欢迎你们常来做客。

果然，他们就成了我们的回头客。

还有一天，我去地里捡地猫儿，就是野蘑菇的一种，是一小块、一小块的，这种蘑菇很难洗，回去用大水盆，把沙子洗干净，然后还要仔细择，眼睛要好，眼睛不好就择不干净。然后配上点儿干辣椒，一炒可香了。客人吃后说，从没吃过这么鲜美的蘑菇，他们有的叫我老板，有的叫我大姐，说这个蘑菇能卖给我们一点儿吗？我们拿回去让家里人尝尝。我说，你们喜欢吃就拿吧，只可惜不多了，都拿走吧没关系。反正这是我从山上捡来的，你们不嫌弃，我也很高兴。他们一定要给我钱，我说，我刚才都说了，我是从山上捡回来的，不能收你们的钱，大家交个朋友就好了。

从此，这些人都成了我的回头客。他们不来的时候，还介绍朋友来。

前年，我背了一背篓新玉米，客人要买，我说不卖，他们说为什么不卖？我说要自己留着吃。那给我们一点儿行吗？我说，东西不多，我给你们每个人两个行吗？他们一人拿了两个高兴得大嘴咧到耳根儿。

不用说，他们又成了我的回头客了。

我说下回你们来，我管够！玉米可以切了，炖了排骨，也可以用火烤了，烤了也很香。他们临走时再三感谢我，我笑哈哈地说，希望你们不要介意我这个人太小气了！

习主席那天到我们村里来开会，我一岁多的小孙子正在我家，我有点儿走不开，干脆就抱着他去听。有人半道儿拦住我，说孩子哭闹怎么办？我说那我就回家不听了。

果然，会开到半截儿，小孙子就叽里呱啦闹起来。原来，他看见习主席面前的木桌上的竹箩筐里，散放着板栗、花生。小孙子哭闹着就要从我身上下来，我当时也管不了，他下来以后就到桌子那儿去抓东西，他太小了，抓不到。这时候，谁也想不到，习主席突然笑着站起来，拿了一个板栗给他，想不到，小孙子拿了板栗就不哭闹了。安静地让我抱着开会。所有开会的人都被这一幕感动了！

我呢，可以说心花怒放！

关键时刻

故事讲述人：花垣县委宣传部副部长、中国第一支精准扶贫工作队队长，龙秀林

李老师，消息来得很突然！

2013年11月3日，习主席来到十八洞村考察，首次提出了"实事求是、因地制宜、分类指导、精准扶贫"的十六字方针，同时还提出了十八洞村的模式要在全国"可复制、可推广"六字原则；不能堆积资金，不栽盆景，不搭风景，提出了"不搞特殊化，但是不能没有变化"十三字要求。为响应习主席的号召，让十八洞村早日脱贫，花垣县委、县政府决定成立一支精准扶贫工作队，由我任队长。其余四位队员是：统战部工会主席谭卫国，林业局副局长石昊东，民政局工会主席吴式文，国土资源局政务中心主任龙志银。

可以说，这是中国第一支精准扶贫工作队。

突然得到这个消息时，我正在县委宣传部副部长的任上。

说老实话，我当时心里有点儿发怵，这不是一个好完成的任务！

但是，担子既然给我了，我就要担起来。

2014年1月23日，我带领工作队进村了。

从此，我的命运与十八洞村紧紧相连。

让我万万没想到的是，当工作队与村组干部、党员、村民代表见面时，当

主持人介绍我是县委宣传部副部长时，没有掌声，一阵小骚动后，我听到的是村民们的窃窃私语。他们讲的都是苗语，以为我听不懂。他们不知道我龙秀林是苗族，住家离十八洞村不远。他们的窃窃私语，深深刺痛了我，让我尴尬万分。

他们都说了些什么呢？

——看来县委对我们十八洞村不重视，起码要从有钱的部门派人来才对，派这么个搞宣传的来，要钱没有，要嘴一张；

——哎哟，他是管宣传的，发发文件填个报表，来这儿能干吗？

——这个队长，要资金没有，要项目没有，拿什么扶贫啊？

——你看他那书生的样子！

这都不说，随后，老百姓就给工作队送来了三个"大礼"：

第一个"大礼"，公开说，一个书生当队长，他能干吗？

第二个"大礼"，听说工作队不分钱，有村民连夜在村部的围墙上贴满了大字报："上面分给十八洞村的钱，被扶贫工作队贪污了！"

第三个"大礼"，村里的"酒鬼"龙先兰，闯进我给省领导汇报的会场，嚷着要饭吃、要老婆，砸了场子。

面对这三个"大礼"，我真的不知道该怎么解释？

我能干什么？解释也没用！

关于分钱。按照以往有分钱的办法，我觉得村民们的要求并不过分。钱是不是被我们贪污了？路遥知马力，日久见人心。

"酒鬼"龙先兰，要饭吃、要老婆，应该是实话。我不怪罪他，他的困难必须解决。

就在当天下午，竹子寨突发群体事件，我得到消息后飞奔而去。

赶到现场一看，哎呀，三百多村民，团团围住了施家父子三人。

原来，事件是为修机耕路引起的。

谁都知道要致富先修路的道理。把长期闭塞的苗寨道路修通，是脱贫致富必不可少的一步。

修一条机耕路，是十八洞村的村民们多年的心愿。但是，修路就要占用几户村民的田地。在十八洞村这个山连山的地方，有一块田地是多么不易呀，平均每家都不到一亩。这点儿田地看着不多，可这是村民的命根子。当初提到修路要占田地时，村民们个个支持，最多是不发言默认。可是真干起来的时候，问题就来了。

修路首先要占施家的地，施家坚决不同意。父子三人拿着柴刀等利器，阻挡施工队，不许施工。施工队没辙，只好停工。就这样，一直拖了一个多月，村民们盼望的机耕路还是零。

这天下午，竹子寨、梨子寨的三百多村民急了，约好了一窝蜂赶到施工现场，准备把施家父子强行拖出，强行施工。

施家老父亲举着一把大柴刀，大儿子举着一根钢钎，二儿子举着一根铁棍，摆出与田地共存亡的架势，与来人杀个你死我活。

可是，他们没有想到，这三百多村民集体喝了血酒，也要与施家人拼个不共戴天。

苗族有一个最毒的风俗，那就是喝鸡血酒。杀了大公鸡取血放酒里，一饮而尽。一旦喝上了，就是死也不回头。

当我赶到现场时，但见双方剑拔弩张，械斗一触即发，死伤在所难免。

接报警赶来的派出所干警，冲上去正准备武力控制施家父子。

关键时刻，我用苗语大喝一声：谁也不许动！

现场的所有人都愣住了。

啊，这个队长会说苗语？

他是苗族？

我们在见面会上的嘀嘀咕咕，他全听明白了！

我接着大声说，请干警全部撤下来！

带队的干警问我，你是干吗的？

我说，我是县委扶贫工作队队长龙秀林！这是我们村民内部的问题，你们撤下来，一切由我来解决！

现场三百多人，一下子被我镇住了。

我走到包围圈中央，与施家父子站在一起，大声说，你们谁不服就冲我来，不要伤害施家父子！

带队的干警说，好，龙队长，我们撤，这儿就交给你处理了！

干警们撤了，现场凉了。

准备拼个你死我活的双方，也都放下了手里的冷兵器。

一场突如其来的械斗平息了。

面对汹涌而来的人群，我能跟施家站在一起，用身体保护他们，这令施家父子三人非常感动。

我转而跳上高台，对在场的村民们说，乡亲们，我龙秀林感谢大家的支持！咱们十八洞村的发展不能有杂音，更不能以流血为代价！扶贫路上遇到一些阻碍是在所难免的。但是，我们不能把自己的乡亲推到对立面，给乡亲带来任何伤害都是不明智的。我相信，施家不是不同意修路，修路也有利于他家。他家一定有什么心结没有解开，今天，我们就当众把它解开了吧！

听我这样说，施家老父亲长叹了一口气。

我抓住这一瞬间的机会，跟他说，老人家，您有什么想不通的就说说吧，不要憋在心里。趁着大家都在，也都听一听，帮您分析分析。

老人犹豫了一下，说，龙队长，我不是不愿意修路。修路要先从我家地里开刀，如果我们同意了，施工队修过去了，后面要占地的人家不同意，那机耕路还不是修不成？成了半截子工程。路修不成，我家的地也白白糟蹋了，再也不可能找回来。弄不好后面要占地的人家还怪罪我们带错了头，那我们家就里外不是人了!

我说,老人家,您的这个心情我理解,我们今天就当场解决这个问题!

说完,我又转向村民们,提高了嗓音,大家都听到了吧,施家不是不愿意,而是顾虑后边要占地的人家不同意,修路半途而废,他家的地也白白糟蹋了!

听我这样说,人群里一阵骚动。

我接着说,大家静一静,现在我就要问问,如果施家同意了,路修开了,后边要占地的人家,能不能给我保证不再阻挠施工,让路拉通?

在场的村民们异口同声地回答,能!

看到村民们情绪高涨,我想到十八洞村以后的公益事业建设,还有很多用地的事情,借助村民情绪高涨的有利契机,我又补充了一句,今后,在村里公益事业建设中,占地五分以内,大家能不能无条件支持?

村民们又大声回答,能!

我说,我给大家鞠躬了,感谢大家的支持。事关田地,重之又重,口说无凭,大家能不能签字画押?

村民们又一声,能!

我就口述几条简单的协议,叫第一支书施金通当场写好,请村民们签字画押。

看着大家纷纷签字画押,我对施家老父亲说,施老啊,您都看到了,后面的人家都签字画押了,这条路就一定能修通!如果修不通,您就来找我,我说什么也要把您家的地恢复了。

老人感动得连连点头。

我说,您还有什么要求?

老人家说,没有了,没有了。你们工作队做事认真负责,让我心服口服,一切都听你的!

我说，那现在可以开工了吗？

老人家说，可以啦，耽误了一个多月，对不起大家！

我对在场的施工队说，好，开工了！

现场的村民们发自内心地鼓起了掌。那掌声像春天的雷。

他们又窃窃私语了——

龙队长是好样儿的！

原来他是我们苗家人！

他不是书生，他是一条苗族汉子！

行，他以后怎么说，我们就怎么干！

就这样，一场械斗得到了化解，停工一个多月的项目恢复了开工。

更重要的是，我在关键时刻的举动，赢得了民心。村民对工作队服气了，再也没有人提工作队贪污扶贫款的事，为我们接下来的工作打下良好的基础。

同时，我的心也豁亮了：我这个宣传部的副部长的特长就是利用文化来统一思想，凝聚人心。而现在的十八洞村正好是我的用武之地。我要带领工作队，开展全方位的思想建设，统一十八洞村民的思想。只有思想统一了，才能做到步调一致，各项工作才能顺利开展。

紧接着，我们按计划开展了一系列工作——

首先是统一思想，激发内生动力，推行"思想道德建设星级化管理"模式，使村支两委的凝聚力上来了，群众的精气神上来了！

思想通则百事顺，在修路、农网改造、机耕道建设中，村民们纷纷出工出力，没有一个讲价钱的。

我们又趁热打铁，因地制宜发展产业：没有土地，采用"飞地模式"到外乡租地种植猕猴桃；成立苗绣合作社，发展传统产业；开发红色旅游……

一套组合拳打下来，十八洞村发生了深刻的变化，乡亲们的日子越过越红火。

从怀疑、观望、不支持、反对，到不惜牺牲自己的利益，积极支持和参与公益事业建设，这就是我们工作队思想建设的成果。

三年后，我依依不舍地离开了十八洞村，领受新的任务。

通过扶贫工作队三年的努力，十八洞村开发了租地种植猕猴桃、乡村旅游、十八洞山泉水、苗绣等产业，人均纯收入从 2013 年的 1668 元，增加到 2016 年的 8313 元。贫困户脱了贫，单身汉脱了单，贫困村摘了帽。同年，被评为全国先进基层党组织、全国文明村镇等殊荣。

黄桃金灿灿

李老师，我是村里最早出去打工的，一去二十年！

隆吉龙一坐下来就这样说。

我们谈话，是在村委会的阅览室里进行的。

一面墙的书柜里，摆满了各种图书。

期间，不时有人进来拿文件请他签字。他阅读，他签字，也偶尔会问来人一两句话。一切都非常熟练、潇洒。

隆吉龙现在是十八洞村村委会主任。

看着他的那双大眼睛，我想，一出去就是二十年，如果不成功，人早就回来了。还会在外那么长时间吗？二十载春秋，说明他在外事业有成，幸福满满。要舍弃这些，重返十八洞村——那深山老林，那陡坡烂路，那阴雨连绵，那村民养肥的猪要几个小伙子换着肩抬出大山才能卖的日子，重回记忆中充满苦难的村庄，得需要多大的勇气啊！

然而，他毅然转身了。

李老师，我是1993年出去打工的。一去就到了当时对打工者最有吸引力的地方，广东深圳。这期间，整整十年没有回过家，也没有跟家里联系，一点儿音信也没有。为什么？因为家里很穷，村里也很穷，那个时候哪有电话啊？更不要说手机了，连听都没听说过。我当时就想着能够干出一番事业，赚点儿钱，风风光光地衣锦还乡。

我来自湘西大山里，没有什么文化，出来以后，什么都干过，只要能赚钱就干。上山砍柴火，修路，铺桥，一天到晚在工地上灰头土脸。苦活儿、累活儿、脏活儿抢着干，就希望老板能把我留下，多干些日子。花钱犹如水冲沙，挣钱好似针挑土。我苦死累活，省吃俭用，挣了一些钱，就离开了工地，慢慢干些小生意。先跑运输，又开小饭馆、服装店。

买了房子，买了车子，娶了媳妇，生了孩子。

十年后我回了家乡一趟，满目脏乱，比起广东差得太远了。可以说，稍稍有点儿变化，总的感觉跟我离开时差不多。唯一不同的是，老爸老妈的年纪大了，头发白了。我住了一段时间，觉得回家还是没有发展前途。

我叹口气，又转身回去了。

我人回到了广东，但是，老爸老妈的白发，却一直在我眼前飘动，挥之不去。

我想来想去，准备把老爸老妈接到广东，让他们过上幸福的晚年。可是，老爸说他不去，他要守着老屋，守着家里的那点儿地。我好说歹说，把老妈接来了。她看到了高楼大厦，看到了车水马龙，眼睛都不够使。我把她接到家里，安顿好，让她带带小孩，吃吃喝喝。我认为这是非常享受了。可是，老妈住了不到三个月，就开始愁眉苦脸。我说老妈你为什么不高兴啊？老妈说，我现在在这里，吃了就睡。白天的时候，就带着小孩逛一下公园，走一下马路。谁都不认识，除了跟你们，连个说话的人也没有。隔壁邻居也不像我们农村，串串门，聊聊天，说说笑笑。谁也不理谁，我也不认识谁，一天过得好苦闷。

我妈这样一说，我才感到她跟这里的生活格格不入。农村里的人，城市里的人，不是一样的人，融不到一块儿。她还是惦念着古老的苗寨和她生存了深爱了一辈子的土地。

老妈最终还是决定回去。她待不住，她享受不了。跟我所想象得完全不一样。看着她的白发，看着她一天比一天弯的腰，我心里很难过。

老妈走了。

留下了她的愁眉苦脸。

留下了她的白发驼背。

我想起古人说的话：树欲静而风不止，子欲养而亲不待。

在这个世上，有两件事不能等，尽孝和报恩。

对我来讲，尽孝不能等！

我在广东待不住了，我挣到钱了，我要回去孝敬父母。

在外面漂泊了这么多年，最终还找不到自己的根。虽然在外面也有很多朋友，来自五湖四海，大家聚在一块儿，感情也处得很好。可是过了一段时间，由于各方面的原因，大家又都各奔东西了。你回你的老家，我回我的老家。最终，朋友又没了。

外乡毕竟不是自己的根。

树高千丈，落叶归根。

年迈的父母在家盼望着我。

可是，要舍弃这里的一切，重回家乡去，说起来容易做到难啊！你想想，我要回去，就要把广东的房子卖了，车子啊什么的都要卖了。更重要的是，我爱人不想回去，闹了情绪。我理解她，任何人都会有她那样的想法，她那样的想法也不是错的。这个工作做起来，真比愚公移山还难。但是，我的工作终于成功了，她同意跟我回乡。

终于，二十年后，我踏上了回乡的路。

这时候，十八洞村一夜之间成了精准扶贫首倡地。我闻讯彻夜难眠。回乡，回乡，金窝银窝不如自己的草窝。响应习主席的号召，回去跟乡亲们一起建设家乡。一人美了不算美，全村都美才叫美！

下了高铁上长途，在服务区休息时，我在水果摊儿上看见了从没见过的桃。个头儿不大不小，金灿灿的，可爱。

这是啥桃？

黄桃。

多少钱一斤？

十五块。

啊？比别的桃贵一倍啊，你卖金子哪！

哈哈，真要是金子它也不能吃啊！你不买没关系，尝尝！

卖桃的拿起一个黄桃，用袖子擦擦，递过来。

他说，咬一口，甜掉牙！

我一咬，哎哟，牙还在，心甜透！不光是甜，还香呢！

你从哪儿进的货？

哈哈，还用进吗？自家种的！

哦？你种了多少？

二十亩。

一亩能种多少棵？一棵能结多少果？

一亩照着小三十棵种，一棵能结上百斤。咋的？哥，你有意种吗？

要是有意，咱们保持联系！

怎么，你卖桃还卖苗吗？

卖，是挣钱的都卖！

好的，我一定跟你联系。

我留下了他的联系方式，买了一袋黄桃，就像买了一袋金子。

继续上车往前行的路上，我做起了黄桃梦。

我看准了黄桃，看准了它的经济价值。

十八洞村山多地少，村民每人都合不上一亩地。种粮食只够糊口，根本谈不上收益。比如种玉米吧，算一下本钱，除了农药、化肥、种子，人工就不要算了，光是这些真金白银的投入，就是亏本生意。再加上人工一天到晚去做，这也是本钱啊。所以说，要想脱贫要想富，就不能光种粮食，就要用这地开发出最大的附加值，当然，以前村里也有种西瓜的。没人组织，是老百姓自己种的，自发的，就是看种西瓜能多卖一点儿钱。一斤西瓜可以卖七八毛到一块钱，那就是很不错了。种上一亩，比种玉米要多出几百块钱。所以不少人种西瓜。我们这个地方的土壤是沙土，海拔七百多米，昼夜温差很大，最适合西瓜糖分的制造。所以种出来的西瓜又沙又甜，好卖。十八洞村的西瓜在整个花垣县都是出了名的。可是西瓜这东西，有个最大的毛病，那就是要轮作。一块地种上两到三年必须要换地方，不能老在这个地方种，种习惯了就容易得病，炭疽病，枯萎病，很容易死掉。要轮换地。可是村里就那么点儿地，哪有可以轮换的？有的人不信邪，坚持种，又种了四五年彻底不行了，又没有收入了。后面又有人开发种烟叶儿。同样，我们这地方烟叶儿种下去能长得很好。质量好，卖相好，能挣钱。可是，烟叶儿和西瓜的性质差不多。一块地如果种上烟叶儿，头一两年没事，第三年以后就不行了，整个地的有机成分全部分解完了。烟叶儿就长不起来了。更糟糕的是，种完烟叶儿的地再种其他粮食也不成了。土是松散的，一吹就像沙一样，种什么粮食也不成。这块地就撂荒了。本来就没地，还把现有的地废了。叫天天不应，叫地地不响。其实，就算种这两样经济作物，收成是比粮食好，但又能好哪儿去呢？一亩地种西瓜，刨去成本，纯收入也就几百块。种烟叶儿也就这个价。而这两样东西都很矫情，种两三年必须换地方，再种下去就会生病，侍候不了。要是用来种黄桃多好啊！黄桃是树啊，种卜去就等着结桃了，不存在轮换地的事。一棵树别说结上百斤，能结个七十来斤就行。每斤也别说卖十五块，就卖十块吧，一棵树结的桃就能卖七百多块！一亩地也别说种三十棵，就种二十五棵吧，随便算算，收入都在小两万！比起种西瓜和烟叶儿，一个天一个地！比起种粮食更叫麻线穿豆腐提不起来！

我在车上就做起了黄桃梦，漫山遍野的黄桃啊，金子般在太阳下闪光发亮。

对，回村就发动乡亲们种起来，让黄桃成为脱贫桃！

回到家，年迈的父母见我回来了，而且说再也不走了，眼泪当时就下来了。

安慰了父母，我就去推广黄桃。

想不到——

当我把黄桃拿出来，分给村民品尝时，个个都叫甜！可我一说起种黄桃来，都不出声了。

我又响亮地把账给大家算了一遍，大多数人还是不出声，跟着说要种的只有四家人！

我愣住了。

这是我没想到的！

大家沉默了很久，终于，有人说话了——

有人说，吉龙，桃三杏四梨五年，这桃要挂果得三年啊，不是短日子，中间桃树要有个病灾啥的，死了，地就废了。

又有人说，我家的烟叶儿正绿着，挣多挣少的，当年就见钱。让我刨了种桃树，我要再想想，这事不能急！

还有人说，咱这地方以前从没种过黄桃，谁知这金贵东西服不服水土？就怕在别的地方长成鸭蛋大，到咱这儿成了鸽子蛋！

我听明白了。

我也理解了。

苗家最认眼见为实。黄桃究竟咋样，能不能在我们这儿种？种出来的结果会咋样？谁心里也没底。我就是说出花来，也不如种出果来。这对我来说也是非常必要的，要冒险就让我一个人上，不能勉强和难为乡亲们。

我说，这样吧，黄桃我是看准了。我家有几亩地，我先种起来给大家当样子！我现在也提个想法，谁家愿意把地流转给我种黄桃，你地里原来种的不管是什么东西，每亩纯收入是多少，我现在就把钱付给你们。或者干脆，愿意流转给我的，旱地每亩我给四百，水田每亩我给六百，签下合同当年结算，所有风险我承担。这样，你们也不用种了，也不用操心了，而且有的地本来就荒置了，放在那儿多可惜，拿给我来种黄桃，绝对保证你们的收益。今年愿意流转给我的，签了合同，我现在就给你们现金。大家看如何？无论如何，我一定要把黄桃种起来！春天有花看，秋天有果吃，吸引更多游客来十八洞村，为咱点赞，也给咱送钱！

我话音落下，叫好声响起。

好，好！

这个办法行！

我今年就愿意流转给你！

我收了烟叶儿就流转给你！

当场就有人闹着要签合同。

就这样，连我自家的地，再加上愿意流转给我的地，我手里一下子就有了一百亩地，这又让我想不到。

于是，我拿出多年的辛苦积蓄，该付钱的当场就付给人家。我联系了那个卖黄桃的人，亲自跑到他家地里去看，果然不虚，他的黄桃林成片成片的，长势喜人。我买他的树苗，并认真请教了如何栽培。

我下大力气，开始种黄桃了。

每棵树下都挖大深坑，浇上发酵了的牛粪、羊粪、农家肥，一棵树总上了有七八十斤吧。

黄桃种下了，就像自己的孩子刚出生，我全身心地呵护。夏天酷暑难熬，当别人躲在家里乘凉时，我要顶着大太阳，去为黄桃除草、打药，身上晒脱了皮；冬天那么冷，当别人躲在家里烤火时，我要迎着寒风去地里，为黄桃施肥、剪枝，脸冻得像刀割。

就这样，冬去春天来，早出晚归。

我苦干。我坚持。

第三年，黄桃树挂果了！

喜讯传遍了全村，男女老幼都跑来看。

我报喜给卖桃人，他说，树壮果肥！你把刚挂的果全打了，再养一年树，保证明年果子会结得更好！

我很心疼。

但我听了他的话。他是行家。

当乡亲们看我打小果子的时候，他们不明白其中的道理，大呼小叫，说太可惜了，太可惜了！

第四年，果然，黄桃大丰收，金铃满坡摇。

我当年就收获十几万，收回了部分成本，同时也尝到了甜头。

我卖黄桃有这样几条出路——

一个是卖给游客。十八洞村的旅游发展起来了，红红火火。我种的黄桃，口感很好，香、甜、浓、脆。游客们都非常喜欢吃。比如长沙的游客，吃了我的桃子说，明年我还要买你的，味道和别的地方不一样，吃了还想吃。

再一个是宣传动员游客采摘，特别是一家人带小孩来的，又有乐趣，又有收获。给你一个篮子自己采，要多少采多少。自己采摘的黄桃，我就卖的贵一些，一斤八块、十块。他们说不贵，不贵！家家都采摘了一篮子。

再有一条销售渠道，通过网上发货。

还有就是和超市对接，市里的、州里的大超市。我每天早上采摘新鲜的黄桃，开车给他们送去。他们卖完了，打电话明天还要货，我又送过去。

再有一部分，批发到长沙或者其他一些地方。比如说，韶山当年就销了一万多斤。因为以前我们村种过西瓜，名声很大，所以他们一听说又有黄桃了，就积极订货。西瓜的名声打了前站，这也是我没想到的。

有这几条出路，黄桃供不应求，乡亲们眼看我挣到了钱。

他们大呼小叫，他们挤上门来——

我要种黄桃！

我也要种黄桃！

我跑前跑后，买苗送苗，指导栽种，忙得脚打屁股蛋儿。

黄桃处处开花，村民张张笑脸。

村里种黄桃的人多了，我就挑头成立了合作社，为村民们种植服务，交流种植技术。如，怎么施肥，怎么剪枝，怎么打药？一起采购农药什么的，买的人多就便宜，一起商量如何寻找更多的销售渠道……

2019 年，全村的黄桃种植面积达到了三百多亩，村民们人人喜气洋洋，个个笑如黄桃。

这期间，2017 年，村委会进行换届选举，我全票当上了主任。

老百姓说，你在外面跑了那么多年，见的比我们多，相信你有这个能力。带领大家种黄桃就是个例子，有目共睹，眼见为实。

我说，我不一定干得好，带领一个寨子可以，带领全村，我的压力就大了。

大家都说，你干吧，我们相信你，我们会支持你！

李老师，我以前头发没那么白，当上主任后，基本上白完了。真的压力山大。我感觉，十八洞村的发展要进入一个新层面了。习主席来之前，我们村真的是很穷，通过上一届村委会的努力，人均收入也好，村容村貌也好，各方面都有很大的变化。我们这一届压力就更大了。全国各地的人都来学习、参观，让人家学什么？让人家看什么？让人家回去能够感受到什么，能够带点儿什么？

我想，我这个村委会主任，不能白当，我和村干部们开发十八洞村要做实事。就像种黄桃一样，要脚踏实地，好好栽种和管理，才能开花结果——

要把飞虫寨到当戒寨的路修通，村民盼了二十年；要把青石板铺到田间地头，为村民雨天好下地，更为发展休闲观光式农业打下基础，让游客畅游绿水青山，分享春种秋收的快乐；要抓住旅游不放，这里搭个凉亭，那里搭个喝茶的地方；要修建篮球场、羽毛球场、乒乓球场，丰富村民生活也凝聚人心；要建一个演艺中心，把苗歌、苗鼓、苗族服装秀集中展示，让游客参与互动。晚上还要点起篝火，吃苗族美食，把游客留住；要把苗族千年传统的赶秋节办到极致，请全国和海外同胞都来参加盛会，让十八洞村走向世界；哦，最重要的旅游项目是开发村里的大溶洞。那是个溶洞群，洞洞相连，号称夜郎十八洞，也是本村美名的来由……

这天，天都黑透了。我忙了一天，这才收工回家。我家离村委会并不是很远，我边走边盘算，如何把这些要做的事，一样样落实，不能说大话，放空炮。

我走在回家的路上，如同二十年前我走在回乡的路上。

正盘算着，手机响了，是爱人打来的——

你还不回家吃饭？都几点了！

我这才发现，自己走错了路，往梨子寨方向走了。

那些扑面而来的书写

——读李迪的《十八洞村的十八个故事》

贺秋菊

隔老远，就看到了出站人群中穿红衣服、白裤子，戴茶色墨镜的李迪老师，亲切和热情是伴随着爽朗的笑声扑面而来的，仿佛他才是接站的主人。当警察时读过李老师的《傍晚敲门的女人》和《丹东看守所的故事》，他是能"一句话点铁成金"的故事高手。读《十八洞村的十八个故事》，那些人物和故事从李老师的笔端一个个溜了出来，让你感到亲切，感到真实，感到兴奋。

一

"李老师，我叫……""李老师，我是……""李老师，……"第一人称讲述，瞬间把读者带入采访的现场，感受采访者的感动，聆听采访对象独有的声音，体会十八洞村人对书写的信任和尊重。富于生活气息的人物通过不同的讲述，在读者面前铺陈开来，真实、生动，令人印象深刻。

扶贫工作队队长龙秀林在接受采访时说："李老师，消息来得很突然！"看似没来由，显得很突兀，但正是这么一句话，未见人影，不知胖瘦高矮，却先闻其声，一位正值盛年、有着丰富宣传工作经验、爽朗、耿直、实干却又绝不失机智的扶贫队长扑面而来。"姐妹农家乐"的金娣似乎更直接:"李老师,我叫金娣。"语言干脆利落,一听便知道是位麻利能干的老板娘。"酒鬼"龙先兰:"李老师,我就不从'酒鬼'开始讲了,龙队长肯定都跟你讲过了。"一句话,把这位憨厚、腼腆的男人推到读者面前。直面过去,他是诚实、勇敢的,面对未来,他有自己的打算,且满怀信心。

村主任隆吉龙的讲述缓慢而沉稳:"李老师,我是村里最早出去打工的,一去二十年!"剧透大半截人生的同时,"最早""一去二十年"又不经意间引出了这位农民工村主任身上与众不同的坚守和创新精神。这是他最终被推选为村主任,带领村民脱贫脱困发家致富的重要基础。和隆吉龙一样有着农民工经历的村民很多,他们都在响应号召,返乡创业。村民龙金彪就是这样的一位:"李老师,我在浙江台州打工九年,是2016年年底回来的。"

"李老师,您都看到了,我一个人在一节课里同时教三个年级。"这是十八洞小学教师蒲力涛的开篇。这位三十岁出头、扎根乡村教育的男教师言语中透露出无奈与艰辛,也由此可见这位乡村教师致力乡村教育改革的愿望与情怀。"爱在拉萨饭店"六十多岁的龙拔二大妈把采访当成了拉家常:"李老师,我这个人心大,爱说'没的事'。不管遇到多大的难,我都说'没的事'。"简简单单的"没的事"背后是一位普通十八洞村人历经坎坷人生后的洒脱和通透,是一位母亲对远在西藏支教的儿子长久的思念和默默的支持。

"李老师,我没有故事。但是,我特别想跟你说说话,讲讲我这一生是怎么走过来的。"村民杨超文的朴实忠厚扑面而来。在每一个十八洞村人看来,他们都只是跟李老师说了自己经历的事,那不是故事,只是生活。所以,村支书龙书伍并没有介绍他的村支书身份,而是从本村人的角色开始:"李老师,我是本村的人,我家里有两兄弟,我是老大。"时刻把村里事当自家事,把村里人当自家亲人的角色定位和处事特点,是十八洞村"精准扶贫"工作取得巨大成绩极为重要的因素。

二

《十八洞村的十八个故事》说是故事，倒不如说是十八洞村人的一些人生片段。它们是早年土匪抢劫烧杀的过往，是曾经贫困生活的回忆，也是逃离偏僻落后山村外出打工的坎坷经历和个人成功，更多的却是近年来十八洞村发生翻天覆地的变化。李老师恰如其分地剪辑和艺术处理，让一个个故事扑面而来。

《关键时刻》从扶贫队长收到的三个"大礼"开始。作为大礼之一，村里的"酒鬼"闯进扶贫队长给省领导汇报的会场，砸了场子。终究，又是这位扶贫队长帮助砸场子的"酒鬼"脱了贫，致了富，娶了媳妇。"龙队长没有食言。第二天，两个年轻人联系上了我。"《金兰蜜》写的就是这对年轻夫妇的爱情故事。《黄桃金灿灿》的村主任在外打工漂泊多年，小有成就，却终于在母亲返乡以后，坚定了返乡创业的决心。创业之路阻碍重重，种种艰辛溢于言表，这也是一路走来的十八洞村人艰辛的脱贫致富之路。《火塘夜话》里飞虫寨九十多岁的龙文典老人说："我要跟你讲的这些当年闹土匪的事，如果我再不讲，就没有人知道了"。那些过去闹土匪的事，是过往的记忆，也是深植在贫困深处的历史。

《对联的故事》里杨老师回忆起过去的乡村教育："每到开学的时候，我要一家一户地去喊孩子们来。整个乡十多个村的老师们就分配任务，你到你那个村去发动学生，他到他那个村去发动学生。"作为村里有文化的人，杨老师也谈起了十八洞村的来由。对于总书记来到十八洞村，有文化的杨老师用一副对联记录下了自己的幸福人生。《姐妹农家乐》的讲述者卖了个关子，"这么多年来，我的心一直是收紧的，好像有一根绳拴着"，把读者带入到一种紧张的氛围中，故事便从这种紧张氛围中一点儿一点儿生发出来。"精准扶贫"的政策让老杨可以在家里经营农家乐，不再下矿，金娣那拴着绳子的紧张的心真正解脱了出来。"姐妹农家乐"的经营有道自然也源于金娣的善良和朴实。"我们村里有些人家不做农家乐，专门种菜，南瓜、白菜、胡萝卜、白萝卜……客人说吃我们家的白菜都是甜的。其实，我们就是买邻居家自己种的这些新鲜菜。"对于来自大自然的馈赠，金娣也是大方的，"我是从山上捡回来的，不能收你们的钱，大家交个朋友就好了"。

三

属于十八洞村的富有生命力的细节，在李老师的故事里扑面而来。

老主任施进兰总结了"习主席来之前……我们这里，以前有'三怕'"。他谈到自己请假遭遇阻力，原因是老板"就关心他的产品，他厂里的收入，他不关心你家乡的变化，他不管"。现实生活就是如此，它比故事更生动，比故事更残忍。他回忆起当初的心态，十分诚实，"我当时是抱着回来分钱的心态。习主席来之前，也有不少领导来，来了都拨钱，当时我就有这个想法，习主席来了，官儿比他们都大，肯定钱更多……但是，我回到家乡一看，哎哟，这回不一样！习主席来到村里没给大家分钱……要让我们自己干出钱来"。

"跟隆英足约了几次，她都很忙。"李老师是这样开始谈养猪专业户隆英足的。隆英足历经千辛万苦学会养猪技术，回到十八洞村，希望把这门技术推广，做大做强，但创业的路却是坎坷的。讲述中，她多次提到了落泪。男教师蒲力涛在课间接受采访，"毕业后响应号召来支边。一起来的还有两个人，没过几天，他们就走了。原因：一个是太落后了，学生基础太低，教学任务太重，再一个是工资太低……""每节课，我安排一年级的先温习昨天的课文，二年级的跟我学习新课文。学前班的孩子们先去闹去，闹够了，回过头来再教他们"。所以，故事结束时，李老师在文末附了蒲力涛的论文《试谈如何提高农村教学点的教学质量》。

龙拔二大妈得知要采访她，忽然提高了嗓门儿："我见过您。您住在阿雅家，是来写十八洞村的。对不？"不矫揉造作就把读者带到了那个扯着嗓门说话的龙大妈面前。《头上剃字的人》村民杨超文当过养殖个体户，出去打工，后来返乡养鸡，开农家乐、民宿，他说："我只有经历，没有故事，但是真实。像我这样的人十八洞村不少。"他对十八洞村的爱，是剃在头上的字。他让理发师在后脑的头发间，精心剃出"十八洞"三个字。

村支书龙书伍总结过去的十八洞村有"五鬼"守家，即赌鬼、懒鬼、酒鬼、大鬼、小鬼。还总结了十八洞村人的"四大皆空"，即脑袋空，钱袋子空，家庭空，集体经济空。用一个老农民的讲述，把一个只有老人、孩子和赌鬼、懒鬼、酒鬼留守的越走越破败的贫困落后的十八洞村呈现读者面前。多年的村部工作，他得出经验，"在村里做的事必须要具体，不是喊口号，喊口号老百姓不喜欢听"。实干才能赢得支持，干出实事才是根本。村民龙金彪回忆起多年后返乡看到的情景："我回来看到的第一个变化，原来进村的小道没了……我走的时候还是泥巴路，到处都有牛羊的粪便。习主席来过了，家乡变样了。我回来就再也不走了！"杨老师谈起总书记来村里时："握完手以后，我不知道怎么突然胆子大起来，说，总书记、总书记，我没想到，万万没想到您会到我们这个地方来！"

国家的扶贫攻坚，是符合广大人民群众的热切期待的。每一个十八洞村人都希望生活好起来，日子富起来，虽然思想转变的过程是艰难的，各种条件起初十分简陋，争取政策也很不容易，但正是从这些艰难中一步步走来的，十八洞村人对现在的安居乐业分外感恩，格外珍惜。

四

十八洞村包括梨子寨、竹子寨、飞虫寨和当戎寨四个苗族村寨。那些扑面而来的人物、故事和细节，便来自李老师在寨子里不断地穿梭、行走和深入细致地采访调查。

时值初冬，北方已经集中供暖，湘西地区进入漫长的湿冷季节。李老师拉一个超大行李箱，提一个不小的行李包，塞得满满的，从北京来。因担心李老师不能适应湖南山区的气候和生活，临行前，我们多次联系接洽。抵达十八洞村时，李老师把一件件行李铺展开来，以显示出他此行有充分准备，保暖衣物准备足了，连烧水壶都从北京带来了。

为了方便挨家挨户走访，李老师住在村里。一住就是十几天，每天走石板路，上台阶、下陡坡，逮着谁就坐下来听对方说村里的人事。村里人都知道来了个李老师。采访中，"我从梨子寨赶到了村委会。值班的人告诉我会已经开了不短时间，马上就要散了。我在大厅的角落里选了一张桌子，坐下来，等候她"。这样的等候是十八洞村采访的常态。大家都忙，忙工作，忙生意，忙家人。采访便只能逮，逮着做买卖时，就陪着叫卖，逮着开会时，就守到会场门口。"我要采访的不少人都在这个会上。我当时心里很激动。不过，天色已晚，我只能捉住隆英足了。"正是长期的坚持和蹲守，李老师顺利完成了采访。

返京后，强撑着的李老师病倒了，十八个故事的书写都是在卧床疗养期间完成的。如今，他正在病床上整理最后几个故事。相信，读到这些扑面而来的故事，人们的掌声一定会如扶贫队长所说，"像春天的雷"。

2020 年 5 月 18 日写于长沙

（作者简介：贺秋菊，女，硕士研究生，主要从事中国当代文学研究，现供职于湖南省作家协会。）

紧步时代写新章（代后记）

——读著名作家李迪湘西十八洞村报告文学有感

李国强

足迹踏遍十八洞

践行四力挨户访

述说苗寨农家乐

铺陈乡村新气象

精准扶贫显成效

脱穷致富奔小康

年过古稀笔力健

紧步时代写新章

（诗作者李国强为中国人民公安出版社副总编辑，中国作家协会会员。本文写作的每一篇完成后，他都认真校对并提出宝贵的修改意见，在此一并感谢。）